ことのは文庫

# 劇団拝ミ座

## 未練のひと時と異能の欠けた青年

森原すみれ

目次
Contents

# 劇団拝ミ座

## 未練のひと時と異能の欠けた青年

# 序幕

ベンチにゆったり腰掛けているのは、一人の男だった。

座っていてもわかる、すらりと長い手足。

眠っているのかまぶたは閉ざされているが、白い肌に筋の通った目鼻立ちは、それだけで造形の美しさが見てとれる。少し癖のある茶髪は無造作に見えなくもないが、かえって彼の持つ不思議な魅力をおのずと伝えていた。

しかしそれだけでは、ここまで多くの人々の視線を攫う理由としては弱い。問題は、彼が抱えている「あるもの」にあった。

両腕では収まらないほどの、眩しい純白の生地だ。

夕陽に照らされるその生地の美しさは、スーツ姿で先を急ぐ人々の目をも、軒並み強く惹き付ける。

春風にふわりとなびく白のチュールには、ビジューが満天の星のように瞬いていた。細かな刺繍が施された生地には、大小様々なレースがふんだんにあしらわれている。

ウエディングドレスだ。

私服姿でベンチに座った端整な顔立ちの男が、ウエディングドレスを両腕に抱えて眠っている。その妙な構図に気づいた人々により、周囲の好奇の視線は徐々に増えつつあった。

そして、駅近くのオフィスビルから家路につこうとしていた小清水遥《こしみずはるか》もまた、その男の姿を前に駅へ向かう足を止めている。

ただし、周囲が謎の美丈夫に注目する中、遥が視線を注ぐのは純白のドレスのほうだった。

男が佇むベンチまで数メートル。そんな微妙な距離から、不意に声を聞いた気がする。恐らく女性の声だった。儚く、か細く、寂しい声。

自分に、助けを求める声――。

……ああ、いけないいけない。また、余計なことを考えて。

自分がいつもの悪い癖を働かせていることに気づき、遥は首を横に振った。

止めていた歩みを再開し、ベンチ前を静かに通り過ぎる。無意識に息を止め、不自然にならない程度に素早く。

視界からベンチが消える。ほっと息をついた直後、そよ風に何かがはためく音がした。

「ねえ君」

「えっ」

至近距離からかけられた声に、びくりと肩が跳ねる。反射的に振り返った遥の身体に、ふわりと空気を含んだ何かが当てられた。

瞬間、眩い光に包まれた心地がして、咄嗟に声が出てこない。

「やっぱり思ったとおりだ。よく似合ってる」

夕焼けが夜を連れてきた空を背景に、見目麗しい男がこちらを見下ろしていた。先ほどまでベンチで双眼を閉ざしていたはずの、イケメンさんだ。

柔らかそうな茶髪がふわりと夜風に揺れ、星屑を集めたように瞬く瞳が真っ直ぐこちらに向けられる。

「突然ごめんね。君に、どうしても頼みたいことがあるんだ」

「え……え？」

「俺のために、このドレスを着てくれないかな？」

「……」

はい？

心の中で辛うじて呟いた遥に、目の前の男はにっこりと笑みを浮かべる。

会社帰りのスーツ姿の人々が行き交う、駅前広場にて。

遥の身体に押し当てられていたものは、先ほどまで男に抱えられていた純白のウエディングドレスだった。

# 第一幕　人生最良の日のあなたに

「遥先輩！　昨日、駅前広場で超絶イケメンにプロポーズされたって本当ですか!?」

嬉々とした後輩の問いに、オフィスにいる人の視線が一挙に集まった。

「プ、プ、プロポーズ……違うよ違う！　あれは何かの間違いでちょっと声をかけられただけで、大それた意味はないよ！」

「でもでも私、ちゃーんと同期の子から聞きましたよ！　遥先輩に突然迫ったイケメンが、俺のためにウエディングドレスを着てほしいって頼んできたんですよね!?」

瞳をらんらんと輝かせながら詰め寄る後輩の背後で、何人かの女性社員が「きゃー！」と黄色い歓声を上げる。

由々しき事態だ。しかも、内容はほぼ間違っていない。

「とにかくプロポーズではないの！　ただちょっとだけ、頼まれごとをされただけだから！」

「えええー、本当ですかあ？」

「本当に本当！　はい！　このお話はこれでお終いね……！」

明確に甘い噂の種を否定し、遥は足早に自分のデスクに向かった。周囲からはいまだに真相を探る視線もちらほらあるが、じきに消えていくだろう。

遥が勤める会社のオフィスは、環状線の駅から徒歩数分の高層ビルに構えられている。緑がほどよく植えられたレンガ敷きの駅前広場には商業施設やレストラン街も整備され、一帯は昼夜問わず人の気配が途切れることはない。

三十階建てのビル内には他にも多くの企業が入っているが、その数は勤続五年目の遥も正確に把握できていなかった。

「小清水さん、昨日頼んでた修正資料だけど」

「はい。昨日完成版を共有フォルダに保存しておきました」

「小清水さんっ、この一覧にある企業に打ち合わせのアポを入れておいてくれる？」

「はい。承知しました」

徐々に慌ただしくなっていく社内の波に身を委ねるようにして、遥の脳内も仕事モードに切り替わっていく。

遥は最初、無害そうで穏やかな雰囲気がかわれ営業課に配属された。しかし現在は社内で事務仕事をさばく総務課に所属している。

パソコンと向き合う仕事は好きだ。相手の些細な感情の変化に気づかなくて済むから。

人嫌いというわけでは決してないが、遥は元来考え込みすぎる性格らしい。

例えば相手の表情の微細な変化、会話中に生まれた僅かな間、人がまとうなんとなくの空気感。それらすべてを必要以上に感じ取っては一人慌て、悩み、落ち込んでしまう。

直属の上司に直談判した結果、幸運にも人材を求めていた総務課への異動が叶った。胃痛に負けて手洗い場に籠もる回数も格段に減ったのだ。

「ありがとう小清水ちゃん。今度コーヒーおごるね。それじゃあ社外コンペ、いってきます！」

「はい、いってらっしゃい」

笑顔でオフィスをあとにする先輩を見送り、再びパソコンに向き直る。

そのときふと目についた鞄に手を伸ばし、財布に仕舞っていた名刺を改めて確認した。

昨日、ウエディングドレスを遥に当てた男が残していった名刺だ。

——劇団《げきだん》拝《おが》ミ座《みざ》　御護守《おごもり》雅《みやび》——

シンプルなデザインのそれには、住所と電話番号が小さく記載されていた。

『もしも気が向いたら連絡して。いつでも待ってるから』

「……どうしたらいいのかなあ……」

ため息交じりに独りごち、遥は額にそっと手を添える。

脳内にリフレインするのは男の声ではなく、か細くも助けを求める女性の声だった。

「俺はカフェラテにしようかな。君は？　何にする？」

「わ、私はカプチーノで」

「あ。それからこの桜のケーキも二つくださーい」

必要以上の言葉を告げない遥に、男はにこにことオーダーを済ませた。

悩み抜いた結果、遥は昼休憩の間に名刺の電話番号へと連絡を入れた。そして就業後に落ち合う場所として提案したのは、オフィスビルから少し離れた小さなカフェレストランだ。

ここなら店員とも多少顔馴染みだし、万一危ない事態になれば大声で助けを求めることもできる。

店員の女性は、男連れの遥にいつも以上の笑みを浮かべ厨房へ戻っていく。

いやいや違います。この人は昨日会ったばかりの赤の他人で、そんな祝福に満ちた目で見られる間柄ではありません……！

「いやー。昨日は急にあんな頼みごとをしちゃって悪かったね」

お冷やを喉に通したあと、男はさっそく話を切り出した。

本当に悪いと思っているかわからない、飄々とした笑顔だ。それでも敵視しきれないのは、男がまとう屈託のなさからだろうか。

「あの……最初に言っておきますが、妙なことされそうになったら私、すぐに叫びますから」

「へ？」

「あと私、搾取されるほどのお金も持っていません。よく騙されやすそうって言われますけれど、だからって何でも言いなりになるつもりもありません。結婚詐欺やらなんやらの類いでしたら、お、お、お断りですので……！」

ふーっと長く息を吐いた遥は言い切ると、ボイスレコーダーをONにした状態のスマホをテーブルに置く。

臨戦態勢。そんな遥に目を瞬かせた男は、短い間を置いて小さく吹き出した。

「ははっ、なるほど。俺がもし悪さをしでかしたら、君はこの証拠を持って警察に向かうわけだね？」

「そのとおりです。自衛は、自分にしかできませんから」

「なるほど。正しい判断だ」

うんうん頷く男にほんのり毒気を抜かれてしまうが、警戒を緩めるつもりはない。

遥にとって、こういう怪しい誘いを受ける経験は一度や二度ではなかった。

元来小柄で気弱な遥は、ごり押しが通用しやすいと判断されるらしい。その被害未遂経歴は、取引先の執拗な接待や街中でのナンパ、悪徳商法まがいの勧誘まで様々だ。

「でも君は、俺に連絡をしてくれた」

口元に微笑を浮かべた男が、静かに続ける。

「それはつまり……少なくとも俺の話は、聞いてみる価値があると思ってくれたってことかな」

「あなたの話が気になったわけではないんです。ただ」

「ただ？」

「昨日あなたが持っていたウエディングドレスが……少しだけ、気になって」

遥が幼いころから過敏に何かを感じ取ってしまうのは、何も人間相手に限ったことではなかった。

例えば書物や写真、風景などからも流れ込んでくるそれは、声のときもあれば映像のときも、さらには激しい感情のときもあった。

一日経ってもなお後ろ髪を引かれた対象は、昨日遥の身体に当てられた純白のドレスだ。

あの瞬間、目が眩むほどにまばゆい光景が広がった。

幸せと感謝に溢れた、春の日差しのように温かい世界。そんな中ふわりと現れたあのウエディングドレスが、はっきりと告げてきた気がしたのだ。

助けてほしい——と。

「さて。まずは自己紹介からだよね」

「あ、それなら昨日いただいた名刺にありましたよね。ええっと」

慌てて財布から取り出した名刺を、改めて眺める。

「劇団拝ミ座、御護守、雅……さん？」

「そう。苗字で呼ばれるのは苦手だから、み・や・びって呼んでね」

雅。

名乗った男がにっこり告げたのと同時に、オーダーしていた飲み物とケーキが運ばれてきた。

ひとまず食べようと促され、遥もカップに口をつける。ここのカプチーノはいつ飲んでも美味しい。緊張する心がほっと解れていくのを感じる。

「劇団とありますが、それはつまり、どこかのステージの上で演劇をする方々ということですか？」

「いや。俺たちが演出するのはステージよりも実生活上のほうが圧倒的に多いかな。所属する人もごく少数で、今常駐しているのは俺ともう一人だけ。必要な人数はその時々に縁のある人たちにお願いしてるんだよ」

実生活上での演出。いまいちイメージがつかなかったが、そういう手法もあるのだろう。

「今回の仕事で、あのドレスを着てくれる女性の演者が必要でね。街中をあちこち探していた中で君が現れたんだよ。この子しかいないって、ぴんときたんだ」

「そ、そうでしたか」

すべてを信じるのは早計だろうが、おおよその事情は把握した。

つまり昨日ドレスを抱えた彼がベンチに座り込んでいたのも、そのキャスト候補を見定めるためだったわけだ。

「ですが」

「うん？」

「本来あのドレスを着るべき人は……他にいらっしゃるんじゃありませんか……？」

遥の言葉に、雅の目が僅かに見開かれた。

昨日流れ込んできたイメージの中に現れたのは、ウエディングドレスだけではない。

あのドレスをまとって幸せそうに笑う人物の姿も、確かにあったのだ。

やはりあの映像は、ただの妄想ではなかったらしい。

「だとしたら、お話はお受けすることができません。そもそも私は他に仕事がありますし、演劇の経験もありませんから」

「いや。君以外いないな」

真っ直ぐに向けられた眼差しが、遥を静かに捉える。

色素の薄い瞳に自分がはっきりと映り込み、思わず息を呑んだ。

「君の言ったとおり。実のところ、あのドレスは本来別に着るべき人がいる。でも、それを実現するためには、やっぱり君の協力が必要なんだ」

「……？　すみません。言っている意味がよくわからないんですが」

「うん。つまりね」

雅はテーブル横の紙ナプキンを抜き取ると、自前のボールペンをカチッとノックした。そこにすらすらと描いていくのは、可愛らしい女性の絵。横には「花嫁」と記された。

「この人が、本来ドレスを着るはずだった女性。でも、彼女はもう、あのドレスを着ることができない」

「着ることができない、というのは」

「亡くなったんだ。交通事故でね」

静かに告げられた事実に、遥ははっと口を手で覆う。

「それは……なんと言えばいいのか……、お辛かったでしょうね」

「うん。そして先日、その花嫁さんから拝ミ座へ依頼があったんだ。空に逝く前に、ウエディングドレスを着てヴァージンロードを歩きたい。どうか力を貸してくれないかってね」

「……」

ごく自然に続いた雅の言葉に、遥は小さく首を傾げる。

あれ。何だろう。今、彼の話にとても大きな疑問点があったような。

「生前着るはずだったウエディングドレスは、火葬の折に一緒に棺に入れられたから、あのドレスはそれを再現したものなんだ。そしてそれを着るには、花嫁に身体を貸してくれる協力者が必要なんだよ」

話しながら雅は先ほどの花嫁の絵の隣にもう一人、女性の絵を加えた。「きみ」と記されたドレス姿のこちらが、どうやら遥らしい。

そして最後に、花嫁の絵からドレス姿の遥の絵に大きな矢印が引かれた。傍らに記されたのは「借りる」の文字だ。

いやいや。「借りる」って。

「見たところ、君は彼女の体つきに限りなく近い。ドレスは問題なく着ることができるし、顔立ちも彼女にほんのり似ている。ウチの衣装担当に任せればばっちりだよ。あとはスケジュールの調整さえしてくれれば、こちらで式場の確保と招待状の手配をして」

「ちょ、ちょ、ちょっと待ってください！」

一人テキパキ話を進める雅に、さすがに待ったをかける。

亡くなった花嫁からの依頼。身体を貸す。ウエディングドレスを着てヴァージンロードを歩く――って。

「少し整理させてください。まずあなたたちは劇団、なんですよね？　それで亡くなった女性が、私の身体を……って、それも脚本の一部？　なんでしょうか？」

「あーごめん。一気に説明したから混乱させちゃったかな」

ボールペンのノック部分でこめかみを掻いた雅が、困ったように眉を下げる。

「俺たちは『劇団拝ミ座』。今は亡き人の心残りのひと時を演出することで、この世への未練を断ち、空へ送るんだ」

「心残りのひと時を、演出……？」

「流れる時間は巻き戻せない。けれど、再現することで生前の気持ちに寄り添うことはできるでしょう」

凪のように告げられた言葉が、りんと遥の胸を揺らした。

「俺の家系は代々死者の魂を憑依させることができる変わった家系なんだけど、俺は自分の身体に魂を下ろすことができない半端者でね。霊を助けるには、どうしても誰かの協力が必要なんだ」

「それはつまり、亡くなった方により似た容姿の人を？」

「それだけじゃない。君には素質がある。ドレスを当てられただけで、こんな不審者の話を聞こうとしてくれたのがその証拠だよ」

目を瞬かせた遥に、雅がにこりと笑みを向ける。

「協力者には、他者に寄り添う共感力と深い優しさが必要だ。君にはそれがある。これでも人を見る目には自信があるんだ」

そこまで言うと、雅はすっとあるものを差し出した。

戸惑いながら手のひらを出した遥は、置かれたものにはっと息を呑む。

「協力するか否かの答えが出たら、これを持って名刺の事務所に来てくれるかな。面と向かって断りにくいなら、郵便受けにこの指輪を投函してくれるだけでいいから」

穏やかな微笑みで手渡された、灰色の小箱。恐る恐る蓋を開くと、中には小さな桜の刻印が施された指輪が収められていた。

次の瞬間、何を勘違いしたのかカウンター奥に控えていた女性店員の、ひゃあっと浮かれた声が聞こえた。

◇◇◇

桜の花びらが舞っていた。

膨らむような柔らかい風を受けるたびに、視界に薄桃色が巻き上がる。

信号が青になるのを待って、その人の足は軽やかに横断歩道を渡っていく。

薄く白んだ春の空。人生の晴れの日に相応しい明るい空。明日もこんないい天気に恵まれればいい。

横断歩道途中の橋の下には、川のせせらぐ音が静かに響いている。ふと鞄に入れていた正方形の小箱を取り出し、蓋を開けた。

姿を見せた夫婦の証となる指輪は、陽の光を浴びてきらきらと瞬いていた。

胸から溢れそうな幸福を抱えながら、青信号の横断歩道を渡り終えようとする。

瞬間、黒い影がものすごいスピードでぶつかって――目の前は真っ暗になった。

◇◇◇

冗談のような美丈夫から、これまた冗談のような頼みごとを受けた翌日。

仕事休みの朝早くから身支度を済ませた遥は、ある建物の前に佇んでいた。

「ここが……」

最寄り駅に背を向け、閑静な住宅街の通りを曲がった細道。徐々に枝分かれしていった先に、その建物はあった。

灰色の石垣に囲まれた建物は、長い歴史を感じさせる木造平屋建ての建物だ。濃紺の瓦屋根と濃茶色の木目に包まれ、どことなく重厚な空気が漂っている。

入り口は細やかな彫り細工が施された引き戸で、郵便受けの上にはL字フックに掛けられた木彫りの看板が吊されていた。

――劇団拝ミ座――

間違いない。あの人のいる場所だ。

「ふう……、よし」

ぐっと両手に拳を握り、胸の中の勇気をかき集める。

どきどきと逸る心臓の音を聞きながら、遥はインターホンに指を添えた。

しかしながらすぐに、いやでも、と遥の胸に不安がよぎる。

本当にこのまま彼に再度接触していいのだろうか。

一度決めたこととはいえ、話を聞いたのは昨日のことだ。もう一日くらいゆっくり考えて結論を出したほうがいいのかもしれない。何より、特に秀でたところのない平々凡々な自分が突然誰かに必要とされるなんて、そんなうまい話があるものなのだろうか。

悪い思考が頭の中を旋回しはじめ、怖じ気づいた遥はくるりと扉に背を向ける。

「へぶっ」

「何だ？」

しかしそこには、思いがけず誰かが立ちふさがっていた。

勢い余ってぶつかった遥が慌てて顔を上げると、黒いスーツに派手なシャツをまとった男がこちらを見下ろしている。

「おいお前」

地を這うような低い声に、ひゅっと遥の喉が鳴った。

「見ねえ顔だな。そこで何をしてやがる」

逆光になっている男の顔だが、鋭い眼光だけははっきりと目に届いた。

真っ赤なシャツの胸元はいくつかボタンが外され、大胆に開かれている。黒い短髪は後方へ流され、耳には金色のピアスが列を成していた。

どう考えてもカタギの人ではない。

どうしよう。どうしようどうしようどうしよう。

何でもありません、お邪魔してすみません、どうか無事に帰してくださいと言いたくても、恐ろしすぎて声が出てこない。

すると、男の背後から明るい声が届いた。

「おーい、和泉《いずみ》ぃ」

「あん?」

男の気が後ろに逸れる。今だ。逃げよう。

そう思った遥の視界に現れたのは、同じく黒スーツに派手な虎柄のシャツをまとった別の男だった。

覚えのある顔だ。今のようにオールバックではなかったが、昨日、カフェレストランで話をしたあの人。

「どうしたの、そんなところで立ち止まっちゃってーって……あれ、君、もう来てくれたの？」

「……っ、あ」

あなたも、ヤクザさんですか……！

昨夜とはまるで異なる格好の彼との再会に、遥は絶望で目の前が真っ暗になった。

◇◇◇

『わあ、素敵なウエディングドレスの写真ですね！』

『あらあら、本当に？』

『はい！　スカート部分のふんわりした形がとっても素敵です。いいなあ、私もこんなウエディングドレスを着てみたいなあ』

『ふふ。実はこのドレスねえ、私が服飾専門学校の卒業制作で作ったものなのよ』

『ええっ、本当ですか⁉　すごい！』

アルバムを開き和気藹々と賑わう茶の間に、若い男が呆れたようにお茶を運んでくる。

『そんなに気に入ったならさ、母さんに作ってもらえばいいんじゃないの？　ウエディングドレス』

◇◇◇

目尻に溜まった涙の熱に気づき、意識がゆっくり引き上げられる。

まぶたを開いた後も、遥はしばらく今見た夢の光景を反芻していた。

素敵な団らんの時間だった。温かい日差しに包まれたリビングに、若い男女と母さんと呼ばれた女性。

あの光景もまた、指輪の持ち主の大切なひと時だったのだろうか。

「おい。起きたぞ」

「え」

男の低い声が届き、心臓が跳ねる。

どうやら敷き布団に寝かされていたことに気づくと、遥は慌てて声の方向へ顔を向けた。

「ああ、よかったあ。目、覚めた？」

今いる和室のすぐ向こうには台所らしい空間が見え、ペットボトルを手にした男二人の姿があった。

双方とも髪は水気を含み、肩に掛けられたタオルが毛先から滴る雫を受け止めている。

こちらを振り返る姿は台所の窓から差し込む陽の光を背負い、きらきらと輝いて見えた。

まるで、モデルみたいな美形二人だ。

それでもあいにく今の遥は、それに見惚れる余裕は持ち合わせていない。

「気分はどう？　顔色がまだ悪いから、無理に動かないほうがいいよ」

「ふ」

「ふ？」

「服を！　今すぐ！　着てください……っ!!」

辛抱ならず、遥は叫んだ。

なにせこちらを見遣る男二人は、どちらも上半身裸だったのだ。


身なりを整えた二人の男と遥は、畳部屋の円卓を挟んで向き合った。

「それじゃあ、改めて自己紹介を。俺がこの劇団拝ミ座団長の御護守雅。こっちが衣装・メイク担当の瑠璃川《るりがわ》和泉」

「どうも」

目の前に腰を据えた雅はにっこりと嬉しそうに微笑み、和泉という黒髪の男は口数も少なく表情を変えない。

真逆のタイプのイケメンコンビだな、と遥は思った。

「はじめまして。えっと、私の名前は」

「ああ、いいよ。君の名前の紹介は、ひとまず置いておこう」

「え？」

「君はまだ、俺からの申し出を了承したわけじゃあない。もしも断りの返事に来たのなら、これ以上俺たちと関わる必要はないからね」

さも当然という口ぶりだった。申し出を受けないのならば、安易に名前を明かす必要はないということだろう。

一見軽薄な空気も、遥がどちらの返答もしやすいようにという配慮なのかもしれない。

「ではその。お答えする前に一つ、確認させていただいてもいいでしょうか」

「もちろん。何でも聞いて」

「お二人は、その、ヤクザさん？　では、ないんですよね……？」

勇気を振り絞って、遥は尋ねた。

今はシャワー後だからか、先ほどまでのオールバックヘアーは二人とも綺麗に下ろされている。しかし、先ほど建物前で目にした彼らの姿は、どう考えてもそっちの方々の風貌だった。

神妙に尋ねた遥に、目の前の二人は押し黙る。次の瞬間、雅が大きく吹き出した。

「ぶっ、ははは！　あーなるほど。確かに出会い頭であの格好じゃ、そう思われても仕方ないかあ」

「ヤクザじゃねえよ。あれは拝ミ座の活動の一環だ」

「か、活動の一環？」

続く話によると、先ほどの格好は別件での情報収集のためだったらしい。

劇団を名乗るだけあり、この建物には多種多様な衣装や道具が揃っている。劇団拝ミ座の活動に必要とあらば、別人に扮して情報を集めるのも大切な仕事の一つなのだという。

憂いごとがひとまず解消され、遥はこっそり息を吐いた。赴いた場所が実はヤクザの事務所でした、なんて急転直下の展開はどうやら回避できたようだ。

「安心したかな」

先ほどまで笑っていた雅が、穏やかな微笑をたたえてこちらを見据える。その真っ直ぐに澄んだ瞳に、遥はまた一瞬怯みそうになった。

騙されているんじゃないか。ていよく悪事に利用されるんじゃないか。お金をむしり取られるんじゃないか。

ここに来るまでの間に何度も浮かんだ悪い予感は、もちろんすべて消えたわけではない。

それでも意を決し、遥は鞄から取り出したあるものをそっと卓上に置いた。

「遅くなりました。まずは、こちらをあなたにお返しします」

「うん。ありがとう」

答えた雅が、静かにそれを受け取る。

小箱に入れられたそれは、昨日渡されていた指輪だった。返答と引き換えに持ってきてほしいと言われていた、大切な指輪だ。

「おい雅。お前、何勝手に指輪を預けてんだ」

「はは。だってほら、まずはこちらの誠意をしっかり伝える必要があるでしょ？」

そんな会話を進める二人を尻目に、どきどきと逸る心音を聞きながら、遥はすっと呼吸を整える。

「この指輪は、亡くなった花嫁さんの持ち物なんですね。今年の春に亡くなった……藤野《ふじの》綾那《あやな》さんの」

「え？」

遥の言葉に、雅と和泉は揃って目を見開いた。

「君、どうして花嫁の名を？」

「信じていただけないかもしれませんが……実は私、物に籠められた想いや記憶を感じ取れることがあるんです」

どうやら自分は他の人とものの受け取り方が違うらしい。そう気づいたのは高校生のころだっただろうか。

自分の妄想とばかり思っていたそれらは、相手から実際に流れ込んできた感情や記憶らしいと、ある日気づいた。

大人になるにつれて、その不思議な力ともうまく折り合いがつけられるようになってきたのは幸いだった。それでも、時折遥の意思にかかわらず誰かの感情が流れ込んでくることもある。

久しぶりのそれが、昨日のウエディングドレスからの声だったのだ。

「昨日、夢を見ました。きっとこの指輪から伝わった夢だろうと思います。その夢の中で、持ち主の花嫁さんの記憶を少しだけ見ることができました」

突然こんな話をされたら、たいていの人は呆気に取られるか困惑するだろう。

しかし雅と和泉は表情を変えず、遥の話に耳を傾けてくれている。その事実に、遥は内心ほっと安堵した。

『協力者には、他者に寄り添う共感力と深い優しさが必要だ。君にはそれがある』

自覚して以降、ずっとひた隠しにしてきた不可思議な力。もしかするとこの力で、誰かの役に立つことができるのかもしれない。

幸せな日々を突然絶たれた花嫁のために、ほんの少しでも力になれるのかもしれないのだ。

「花嫁さんの代理役、お引き受けしたいです。是非、私にやらせてください……！」

頬に集まる熱を感じながら、遥ははっきりそう告げた。

落ち着くことのない胸の鼓動を聞きながら、二人の返答をじっと待つ。

しかし向けられる言葉はなかなか届かず、遥は無意識に閉ざしていたまぶたを恐る恐る開けた。

「あ、あの……？」

「怖くないの？」

「え？」

雅から向けられていたのは、じっと真意を見定めるような眼差しだった。

「自分の身体の中に、他人の霊が入るんだよ。頼んだこちらが言うのも変だけど、一般的にかなり抵抗がある話だよね？」

言われてみれば確かにそうだ。冷静な指摘を受け、じわじわと頬に熱が集まっていく。

「す、すみません。ええっと、その」

「うん」

「ちょっとそこまで、考えていませんでした……っ」

「……ぷっ」

吹き出す気配に、遥はきょとんと目を丸くする。

とうとう我慢しきれなくなったという様子で、雅は口元に手を添え豪快に笑い出した。

「あ、あのう……雅さん？」

「あー、いや、ごめんね。想像以上に素敵な人を見つけることができたなあってね、ついはしゃいじゃったよ」

素敵な人。それは自分のことだろうか。

いったいどこを取ってそう評してもらえたのかわからず、遥は首を傾げる。

「せっかくの申し出に、水を差すようなことを言ってごめんね。ただ、事前に話すべきことだから。俺らが君に頼もうとしているのは、被憑依者として身体を借りること。そのときにどこまで君自身の意識が保持できるのかは、実際に霊を下ろしてみないとわからないんだ」

丁寧に説明していく雅に、遥はなるほどと頷いた。身体と霊との相性もあるかもしれないし、百発百中でうまくいくとは限らないのだろう。

「そして下ろす霊の中にも、性根の善し悪しがある。身体を乗っ取って悪さをしてやろう、なんて悪巧みをする霊もいる」

「そうですよね。生きている人間にも、性根の善し悪しはありますもんね」

「まさにそのとおりだね」

遥の相づちに、雅がゆっくりと頷いた。

「でも、心配いらないよ。そういう悪い霊はこちらで事前に振り分けているし、こう見えてお兄さん、霊能力はなかなか強いほうだから？」

「自分で言うな」

後ろでずっと黙っていた和泉が、ため息とともに突っ込みを入れる。

「だから安心して。君のことは、俺が命を懸けても守るから」

さらりと告げられた言葉に、遥の心臓がどきんと打ち震える。

見目麗しい異性からの言葉にときめいたから、だけではない。

今の言葉に、ただの励ましでは済まない、本気の響きを感じたのだ。

「私の名前は、小清水遥です。雅さん、和泉さん、どうぞよろしくお願いします」


それから数日後。

通常どおり会社勤務を終えた遥は、電車の改札口に向かうことなく、沿線の道を黙々と歩いていた。

夕焼けが身を潜めた空が、徐々に奥深い紺色に染まっていく。

普段電車で帰るときは目をつむりながら無心で降車駅を待つのが常だったため、こうして改めて目にする街の夜景はどこか新鮮で美しい。

「二駅歩くだけでも、結構息が弾んでくるものだな」

周囲に人がいないことを確認し、遥はぐぐっと大きく伸びをする。

最近の遥は、退社後の道を可能な限り歩いて帰宅していた。きっかけは、先日引き受けることを決めた劇団拝ミ座の案件だ。

亡き花嫁に身体を貸す。何とも特殊な内容ではあったが、引き受けたからには役割を全うするため、やる気は十分だった。

しかし、いざ自分は何をするべきか問うと、特に準備は必要ないのだという。

『詳しい前調べは俺たちが進めるから、本番が近づいたら改めて連絡するよ』

あっさり言われたことに、それでも何か自分にできることはと食い下がった結果。

『うーん。それじゃあ君のできる範囲で、本番までの間は、花嫁さんらしい過ごしかたをしてみてくれるかな？』

『花嫁さんらしい過ごしかた、ですか？』

『うん。そうすれば君の身体を借りる花嫁も、きっと喜んでくれると思うから』

その会話からまずぱっと浮かんだのがダイエットだったが、それについては衣装担当の和泉からすかさず鋭い忠告を受けた。

無茶なダイエットをして直前で体形を変えられては困る。極端なダイエットには絶対に手を出すな。適度な運動と、食事内容を軽く見直す程度に留めておけ、と。

そんなわけで、ひとまずは無理のないウォーキングを日常に取り入れはじめたのだ。

「きっと花嫁さんも、結婚式に向けて色々と準備を進めていたんだろうな」

鞄の奥に仕舞った小さなポーチに、そっと手を添える。その中には、先日返そうとした花嫁の指輪ケースが入っていた。

花嫁役をするにあたり、遥の手元に置いておいてほしいという雅の判断からだった。そのほうが、亡き花嫁の心境をより近く感じられるだろうからと。

「他に何か、私にできることはないのかな……？」

何か明確に力になれないことがもどかしい。

信号待ちで歩みを止めた瞬間、指先に触れていたポーチが微かに熱を帯びた気がした。

「……え？」

レンガ敷きの歩道の前方から来た、スーツ姿の男女数名とすれ違う。

その中の一人に反応した遥は、逸る胸の鼓動を感じながらゆっくり後ろを振り返った。

「藤野さんも、これから飲み会ご一緒にどうですか？　他の新人の奴らも、藤野さんなら是非って言ってましたよ」

「はは、悪いけど遠慮しておくよ。俺みたいな年長者が行ったら、新人同士の息抜きの場が台無しになるだろ？」

「またまたー。そんなこと全然ありませんって！」

新人社員らしい数名から飲み会の誘いを受けている男性。実際に顔を合わせるのは初めての彼を、遥はすでに知っていた。

藤野慎介《しんすけ》。

亡くなった件の花嫁、藤野綾那の夫。

この数日間、遥が垣間見てきた花嫁の夢の中に、幾度となく現れていた人物だ。

あまりに唐突な出逢いに、遥は信号近くのビルの柱に身を潜める。

「ど、どうしよう？」

いや、どうしようもこうしようもない。

新郎にとって、遥は完全に赤の他人だ。ここで突然話しかけたとしても、困惑させるのは目に見えている。

それでもせめて新郎が見えなくなるまでと、細心の注意を払いながら様子を窺う。視線を向けた先では、先ほどの新人たちがなおも新郎を誘い出そうと試みていた。話しぶりからも、新郎は新人たちに慕われていることがよくわかる。

「お願いしますってー。内緒にしておけって言われたんすけど、実は同じ部署の女の子から藤野さんと話がしたいって頼まれてるんすよねえ」

「え、俺と？」

「だって藤野さん、仕事はできるし優しいし。そりゃ新人女子は狙いに来ますって！」

「そうそう。藤野さんが結婚指輪をしていないことを、俺らも何度確認されたか！」

他意のない言葉だった。

それでも、「結婚指輪」の単語を聞いた彼に、さっと絶望の色が広がる。

「っ、あ、あの……！」

「おーい！　慎介ー！」

考えなしに飛び出そうとした遥の耳に、新郎を呼ぶ無邪気な声が届いた。

気づけばにこにこと笑みを浮かべたイケメンが、新郎の肩を叩いて現れる。

「久しぶりだなあ、今ちょうど仕事上がり？　そういえば職場この辺って言ってたっけ」

「え、え？」

「せっかくだし、飯でも一緒に食べようよ。ちょうど他の奴らとも約束してるからさ！」

一瞬困惑した表情になった新郎だったが、まるで本物の旧友のように語りかけるイケメンの空気に次第に呑み込まれていく。

それは周りにいた新人社員たちも同様で、突如現れた陽キャ長身美形に、新郎を飲みに誘う勢いも削がれたようだった。

今だ。陽キャ長身美形が生み出した流れに身を任せ、遥は今度こそ柱から飛び出した。

「わ、わあ！　もしかして藤野くん？　すごい偶然だねえ……！」

旧友その二になりきった遥の声は、予想以上に辺りに響き渡った。今さら引くに引けない。やり通さねば。

「本当久しぶりー！　もしかして、みや……宮森《みやもり》くんが呼んでくれたの？」

「いやいやー。今会ったのはまったくの偶然だよ」

適当に呼びかけた「宮森くん」が、親しみを込めた笑みを遥に向ける。

「な、少しだけでいいから付き合ってよ、慎介。それとも、今から何か予定あった？」

「あ、いや。決まった予定は」

「なら決定だ！」

「わーい！　みんなにも連絡しちゃおーっと！」

宮森くん、もとい雅が新郎の肩を抱き、遥は嬉々としてスマホをいじりはじめる。

怒濤の勢いにぽかーんと呆気に取られる新人社員を尻目に、二人はまんまと新郎の救出に成功した。


「いやあ、でもまさか、あそこで遥ちゃんが加勢してくれるとは思わなかったよ」

あのあと新郎とも適当な場所で別れ、遥は雅とともに家までの道を歩いていた。

愉快げに告げられた雅の指摘に、遥はかあっと頬を熱くする。

「突然乱入してしまってすみません。周りの人たちに色々突っ込まれる前に、あの場を離れたほうがいいかと思いまして」

「うんうん。助かったよ。一人より二人のほうが怪しさも和らぐからね」

柔らかく微笑んだ雅に、そっと安堵の息を吐く。咄嗟の判断だったが、どうやら迷惑ではなかったようだ。

「それにしても雅さん、すごい演技力でしたね。あんまり自然に話しかけてしまうものですから、一瞬本当にお知り合いだったのかと思いました」

「ふふん。まあ一応、小さくとも劇団の団長を名乗っていますからね」

茶目っ気たっぷりに肩をすくめた雅に、くすりと笑みがこぼれる。

今の雅は、動きやすそうなカジュアルな私服をまとっていた。

ダークグリーンのミリタリージャケットに白のカットソー、紺色の細身パンツ。一つ一つはシンプルなアイテムのはずなのに、彼が着ると不思議と人目を惹く着こなしに映る。

こんな美形に親友の如く話しかけられ、新郎もさぞかし驚いたことだろう。

「それにしても新郎の慎介さん。会社の後輩にかなり慕われているみたいだったねえ」

「はい。人柄も良さそうでしたし、急に話しかけてきた私たちにも丁寧にお礼をしてくれましたもんね」

遥たちが、無事新人社員らから新郎を引き離したあと。

「ごめんなさい、人違いでした」と驚きの手のひら返しをした二人に、新郎はすぐに笑みを浮かべた。

こちらこそありがとうございました。今はまだ飲み会に参加する気持ちにはなれなかったので、助かりました、と。

花嫁が亡くなったのが二ヶ月前の三月。四月入社の新人社員たちは、恐らくその事実を知らなかったのだろう。

「雅さん、今夜はもしかして、新郎さんの様子を見にいらしてたんですか？」

「うん。実はそうなんだ」

偶然居合わせた遥とは違い、雅はあらかじめ新郎の身辺調査をしていたらしい。

「今回の花嫁の心残りの日の再現には、彼の出席が必要不可欠だからね。彼の現状を事前に把握するのも、劇団拝ミ座のお仕事の一つだよ」

「でも」

「うん？」

「さっき新郎さんを助けたのは拝ミ座の仕事ではなくて……純粋に雅さんの優しさですよね」

劇団拝ミ座は亡き人の未練のひと時を再現する、いわば裏方の仕事だ。本来ならば、式当日までこちらの顔は割れないほうが良いのだろう。

しかしこの人は、新郎が返答に苦心する現場に、咄嗟に旧知の友人役を買って出たのだ。

「やっぱり。私の思ったとおりでしたね」

「遥ちゃん？」

「あなたからの頼まれごとを引き受けることに決めて、本当によかったです」

立ち止まった雅に合わせ、遥も隣で歩みを止めた。

「雅さんたちには、色々と考えがあるんだと思います。私を今回のような身辺調査に連れ出さないことも、こちらの負担を配慮してくださっているのかもしれません」

色素の薄い瞳が、遥を淡く映し出す。

出逢った当初は戸惑うほどだった美しさに、今は勇気を奮い向き合った。

「でも私も、可能な限り今回のご依頼のお役に立ちたいと思っています。たとえ一瞬のことだって、その人と一心同体になるんです。私も、亡くなった花嫁さんの心と誠実に向き合いたい」

星が小さく瞬きだした夜空の下に、春の名残を乗せた風が吹き付けた。

本来なら桜の咲く季節に行われるはずだった彼らの結婚式を想い、ぎゅっと胸元で手を握る。

「ですから、お願いします雅さん。どうか私にも、もっと劇団拝ミ座の活動に協力をさせてもらえませんか……！」

思い切って願い出た遥はまぶたを閉じ、向けられる回答を待つ。

なんと告げられるだろう。仕方がないとわがままを汲んでくれる？　それとも、自分たちのやり方に口は出さないでほしいと窘められるだろうか。

様々な返答の可能性にじとりと嫌な汗がこめかみに浮かぶ。すると頭上から届いた反応は小さな笑い声だった。

「はは、なるほどね。そういうことかあ」

「雅さん？」

「……懐かしいなあ、今の言葉」

「え？」

遠い日々を懐古するような眼差しに、遥は小さく首を傾げる。

雅と自分は、かつてどこかで逢ったことがあるのだろうか。思っていたことが透けていたのか、雅は違う違うと首を横に振った。

「誤解させちゃったね。遥ちゃんとは正真正銘、初対面だと思うよ。ただね、遥ちゃんの今の言葉、前にも誰かさんが言っていたなあってね」

「そ、そうなんですか？」

どんな反応をすべきかわからず困惑する。そんな遥に、雅はふわりと柔らかく微笑んだ。

今まで見た中で一番美しい面差しに、遥は思わず見惚れてしまった。

◇◇◇

墓石に刻まれた旧姓。

生前母が好きだった花と父が好きだった果物を供え、線香を立てる。

『お父さん、お母さん。私、新しい家族ができたよ』

『世界一素敵で優しい旦那さんと、私を本当の娘のように想ってくれるお義母さんが』

◇◇◇

新郎との思わぬやりとりをした日から数日。

本業の休日に、遥はとある場所に呼び出されていた。

劇団拝ミ座の建物から少し歩いた隣町に広がる、閑静な住宅地だ。

戸建てが立ち並ぶ道には所々に花壇が置かれ、少し遠くからは公園で遊ぶ子どもの嬉しそうな声が届く。

そんな心地のいい街並みの一角、北欧風の可愛らしい一軒家の前で、三人は身を潜めていた。

「……で？　臨時演者の申し出に根負けした結果、こうなってるわけか」

「はいはい和泉、そんな怖い顔しないしない」

二人の長身イケメンのうち、一方は朗らかな笑顔で、もう一方は迷惑そうなしかめ顔で遥を見下ろしている。

「憑依させる相手のことをもっと知りたいっていう、遥ちゃんの考えも尤もでしょう。それだけ自分ごととして考えてくれている証拠だし、無下にするわけにはいかないよ。というわけで、今日の仕事には遥ちゃんも参加してもらいまーす」

「よりによって今日かよ」

「も、も、申し訳ありません、和泉さん！」

想像以上の邪険具合に、遥は瞬時に深々と頭を下げる。しばらく固まっていると、頭上からため息の気配が届いた。

「了承したのはこの馬鹿だ。あんたに謝ってもらうことじゃない」

「さすが和泉。ツンケンしてても本当は優しいんだよねー」

「つまりすべての原因はお前にあるってことだわかってんのかてめえは」

「あ、あの、私が言うことではないんでしょうが、どうぞ落ち着いて……！」

ヘラヘラ笑う雅とその胸元を掴み凄む和泉の姿に、遥は慌てて言葉を重ねた。

しばらくの間を置き、二人の間に距離が生まれる。こんなやりとりも、どうやら二人には日常茶飯事のようだ。

「こっちの調査は今日が本丸だ。余計なことはしてくれるなよ」

「はい。わかりました」

素早く返答をしたあと、遥は改めて前に立つ和泉の身なりに目をやった。

以前会った彼は、黒い短髪にやや鋭い目つきが印象的なイケメンさんだった。服装も黒シャツにジーンズ姿で、なんとなく人を寄せ付けない空気をまとっていた記憶がある。

しかし今の和泉は、目つきこそ変わらないものの髪型や服装は比較的柔らかだった。

毛先は大人しく下ろされ、フランネルシャツに薄い色合いのチノパンをまとっている。瞳の印象強さも、かけられた眼鏡でやや和らげられていた。

「今回の依頼以降、和泉はここの洋裁教室に生徒の一人、『川水颯太《かわみずそうた》』として潜ってるんだ。今日の格好も、『颯太』にとっての普段着姿ってわけだね」

「なるほど」

雅の説明に納得する。確かに潜入調査のためならば、服装や第一印象は可能な限り変えておいたほうがいいのだろう。特に彼は、他者に与えるインパクトが人一倍強いほうだろうから。

「ということは、この洋裁教室と亡くなった花嫁さんには、何か繋がりがあると？」

「そういうこと。この教室はもともと先生が二人いるんだけどね」

「おい雅。沿道でがやがや騒いで誰かに聞かれたらどうする……」

「あら？　もしかして颯太くんかしら？」

曲がり角の向こうから聞こえた女性の声に、遥はびくっと肩を揺らす。

次の瞬間、凄まじい速さで遥の口は覆われ、身体ごと電柱の陰に収められた。

「やっぱり颯太くん！　早かったのね。もしかして待たせちゃったかしら？」

「こんにちは先生！　すみません。完成が待ち遠しくて、つい早く着きすぎてしまいました……！」

「颯太くんの作ってるジャケットもいよいよ完成間近だものね。さあ、どうぞ入って入って」

「ありがとうございます。お邪魔します！」

慣れ親しんだ様子で家に招かれ、「颯太」と呼ばれた青年が洋裁教室へ入っていく。愛想よく爽やかな表情を浮かべたその姿を、遥は目を丸くしながら見送った。

「え……今の……和泉さん……颯太くん……ええ？」

「はは、わかるわかる。落差が激しいんだよねえ、和泉の演じる好青年は」

くくっと肩を揺らした雅は、電柱の陰に収めていた遥の身体をそっと離した。雅の機転のおかげで、先ほどの女性に遥の姿は見られなかったようだ。

「今の女性がこの洋裁教室の先生の一人で、この家の持ち主だね。世話好きで人当たりのいい人だって『颯太』くんが言ってたよ」

「和泉さんもさすが劇団の一員ですね。演技の瞬発力がすごいです……」

というか、人格が変わりすぎてなかなか空恐ろしい。

「和泉自身は、演者は本職じゃないって言ってるけどね。もともと和泉は、一日中服作りをしてても苦にならない洋裁馬鹿だから」

和泉は、劇団の活動に必要な衣装の制作を一手に担っているらしい。

亡き人が未練を残したときの姿形を、極限まで再現させる。そのことに、和泉は深いこだわりを持っているのだという。

彼の信念の強さは、その瞳の強さにそのまま表れているような気がした。

「さっき、この洋裁教室にはもともと二人の先生がいるって話したでしょう。そのもう一人の先生が、実は今回の花嫁の義理のお母さんなんだ」

「えっ」

思わぬ報に、自然と身体が前のめりになる。義理の母ということは、先日の花婿の母親ということだ。

「そういえば私、夢の中で見ました。花嫁さんと花婿さん、そのお母さんの三人で仲良くお話ししている姿を。その中で花嫁さんが、お義母さんにウエディングドレスを作ってもらう約束をしていました……!」

「へえ、すごい。遥ちゃんの夢見の力は思っていた以上だね」

目を見張る雅が、さらに話を続ける。

「遥ちゃんの言うとおり。お義母さんは今回、花嫁のウエディングドレスを制作したんだ。

そのドレスのデザイン画が、この教室に保管されていてね、ここに潜り込んだ和泉が、早い段階で確認することができたんだよ」

「だから、ウエディングドレスはすでに制作が済んでいたんですね」

それにしてもウエディングドレスまで手がけることができるなんて、花嫁の義母も和泉も驚くほどの洋裁の腕前だ。

「本来ならドレスが完成することで、ここへの潜入調査は終わるはずだったんだけどね。実はお義母さんは花嫁に内緒でもう一つ、プレゼントを作っていたらしいんだ」

「プレゼント、ですか？」

「うん。そしてそれをサプライズで渡すため、お義母さんは式の前日に花嫁さんに連絡した。花嫁さんは急いで家を飛び出したらしい。きっと、幸せな予感を抱えながら」

「……！　まさか、それを受け取りに出た先で、花嫁さんは……」

静かに頷いた雅に、遥は胸が潰されるような心地に襲われる。

花嫁の喜ぶ姿を楽しみにしていた義母と、幸せいっぱいに受け取りに出た花嫁。

その直後に、もう二度と会えなくなる未来が待っているなんて、いったい誰が想像できただろう。

じわりと滲みかけた涙に気づき、咄嗟に堪える。ここでぐずっていても、誰の役に立つわけでもないのだ。

「その事故以来、お義母さんは新郎以上に塞ぎ込んでしまったらしい。家から滅多に出なくなって、洋裁教室にも顔を出さなくなったんだ。作ったプレゼントも、心配で家を訪ねたもう一人の先生に預けたままだと」

「そんなことがあったんですね……」

「でも先日、お義母さんから洋裁教室に連絡があったらしい。今日もしかしたら、ここに立ち寄るかもしれないってね」

「え！」

　ぱっと表情を明るくした遥に、雅は柔らかな笑みを浮かべた。

「和泉はね、花嫁を、本来まとうはずだったとおりのウエディングドレス姿にしてあげたいんだ」

　瑞々しい新緑の香りが、風に乗って届けられる。

「プレゼントが仕舞われた場所は把握済みなんだけれど、その紙袋は頑丈にテープで閉ざされていて中身を確認できていなくてね。お義母さんが丹精込めて作ってくれたプレゼントまで揃えば、花嫁さんもきっと喜んでくれるはずなんだけれど」

「そうですね。でも、いったいどうやって中身を確認すれば……、あっ」

「遥ちゃん？」

　言葉が終わるよりも早く、遥は通りに飛び出した。

向かう先には小さな川が流れ、朱色に塗られた短い橋が架かっている。その袂で、一人の女性が苦しそうにうずくまっていたのだ。

「あの、大丈夫ですか……!?」

「え、ええ。大丈夫よ。少し、目眩がして」

手すりにもたれる女性は、恐らく五十代ほどだろうか。

俯いた顔から表情は確認できないが、膝を掴む手は驚くほどに青白かった。貧血かもしれない。

「遥ちゃん。大丈夫?」

「雅さん。この方、具合が悪いらしくて。ひとまず救急車をっ」

「詩乃《しの》!」

駆け寄ってきた雅のさらに後ろから、その名が響く。

振り返ると、先ほど洋裁教室へ入っていった先生が血相を変えて飛び出してきた。窓越しにこの光景を見たらしく、背後には生徒役の和泉の姿もある。

「大丈夫、詩乃?　ああ、だから無理しなくてもいいってあれほど言ったのに!」

「平気よ。久しぶりの外で、少し目が眩んだだけだから」

先生とともに支えた女性の横顔が垣間見え、遥ははっと目を見張る。

その人は、夢の中で幾度となく目にしてきた花嫁の義理の母だった。

しかしその印象は、驚くほどに変わっている。花嫁と朗らかに笑い合っていたのがまるで嘘のように、瞳は陰り、表情からは生気が抜け落ちていた。

あまりの変貌ぶりを見てか、その肩を抱く先生も一瞬息を詰めるのがわかる。

「ねえ詩乃。あんた本当にひどい顔色よ。ろくに食事もとれていないんじゃないの？」

「食べてもね、戻してしまうものだから」

「だったらせめて、病院に行ってきちんと診察を受けないと」

「いいのよ私のことなんて。一番辛いはずの息子は、周囲に迷惑を掛けまいと毅然と働きに出ているっていうのにね。つくづく母親失格だわ」

力なく自嘲する女性に、胸が締め付けられる。そんな女性に、先生は言葉を選ぶようにして口を開いた。

「それならせめて、あのプレゼントはもう少し落ち着いてから持って帰ったほうがいいんじゃない？　今のあんたが持って帰っても、いたずらに心を痛めるだけよ」

「大丈夫よ。あれは持ち帰らないわ。帰り際、ゴミとして捨てるから」

さらりと答えた女性に、先生は大きく目を見張った。

「でもあんた、あんなに一生懸命作っていたじゃない。それをそんな……一時の感情で捨てるだなんて」

「持っていても仕方がないでしょう。あれを付けてほしかったあの子は、もうこの世にいないんだから」

「ちょっと落ち着きなさい詩乃。今のあんたは冷静じゃ」

「わかってるわそんなこと！　でもどうしようもないの！　どんなに後悔しても、時間は戻らないのよ！」

　閑静な住宅街に、悲痛な叫びが響く。

「……ああ、ごめんなさいね。初対面の方にこんな姿を見せてしまうなんて、みっともないわね。驚いたでしょう」

「あ、いえ、その」

　急に話を振られ、傍らで固まっていた遥はひどく動揺する。

　そんな女性をしばらく見つめたあと、先生は細く息を吐いた。

「持っていくのね？」

「今日は、そのために来たのよ」

「わかった。ごめんなさい颯太くん。さっき話していた紙袋、持ってきてくれるかしら」

「は、はい。わかりました」

　生徒に扮する和泉が、足早に洋裁教室に引き返していく。しばらくして、和泉は茶色の紙袋を抱えて戻ってきた。

　受け取った女性は、頑丈に封印されていた紙袋の横をびりびりと開いていく。

「あ……」

取り出されたものの姿に、遥は思わず声を漏らした。

女性が取り出したそれは、手のひらに収まるほどのティアラだった。

注がれる陽の光を弾き、きらきらと瞬いている。あしらわれたパーツによるものか、様々に色彩を変える光が夢のように美しい。少し離れて見てもわかる作り込みの細やかさが、贈り主の気持ちの大きさを物語っているようだ。

しかし、その輝きを目にしてもなお、女性の瞳に救いの光が灯ることはなかった。

「確かに受け取ったわ。それじゃあ、私はこれで」

「詩乃」

「迷惑をかけて……本当に、ごめんなさい」

小さく会釈をした女性は、覚束ない足取りで橋の向こうへと去っていく。

その場に落ちていた沈黙に、微かに届いたのは自嘲の声だった。

「無力よね。親友があんなに辛そうにしているのに、何の助けにもなれないなんて。時が心を癒やしてくれるのを……待つしかないだなんて」

「先生」

「ごめんなさいね颯太くん。それと、そちらのお二人も」

先生の謝罪に遥は慌てて首を振る。そして和泉とともに教室に戻っていくのを、無言のまま見送った。

「先生はただの共同経営者じゃなく……お義母さんのご友人だったんですね」

ぽつりと呟いた遥に、雅が頷く。

「もともと二人は、同じ服飾専門学校に通っていたんだって。今共同で洋裁教室をしているのも、昔からの口約束が実現してのことみたいだよ」

「先生も、なんとかお義母さんの力になりたいと思っているんですね……」

大切な存在を失った喪失感は、人の手には到底負えないものかもしれない。

仲睦まじく語らっていた義母と花嫁の姿が頭をよぎり、やるせない気持ちが広がった。

「花嫁さんは、お義母さんからのプレゼントを本当に楽しみにしていた。そしてそれは今、形を保たれたままこの世にある。となれば、やることは一つだよね？」

「……え？」

「行くよ、遥ちゃん。あのティアラは、花嫁さんの挙式にどうしても必要だ」

目を丸くした遥の手を引いて、雅は意気揚々と歩き出す。

向かう先は当然のように、先ほどの女性が去っていった方向だった。


洋裁教室から少し拓けた商業施設の脇を通り抜け、再び閑静な住宅街に入っていく。

道の先へと力なく歩く女性を、二人は慎重に追跡していた。歩幅を調整し、建物の陰に身を潜めながら微妙な距離を保っている。

「雅さん。お義母さんは、本気であのティアラを廃棄するつもりなんでしょうか」

「どうだろうね。ただ、少なくともさっきの言葉は、その場しのぎの適当な冗談には聞こえなかったな」

「お義母さん……」

今もなお危うげに歩みを進める背中。

花嫁とあんなに楽しそうに過ごしていたのに。あんなに綺麗なドレスを仕上げていたのに。あんなに素敵なティアラを贈ろうとしていたのに。

想いの強さの分だけ、遺された人々の心を抉っている。

電柱に添えた手を力任せに握っていると、不意に優しい温もりが拳を覆った。

「あまり強く握らないで。痛めちゃうよ」

「あっ……すみません。花嫁さんに貸し出す予定の身体を、傷つけたら問題ですよね」

「いやいや違うでしょ。単純に、遥ちゃんに怪我をしてほしくないだけ」

さも当たり前のように答えた雅に、遥はぱちっと目を瞬かせた。

「言ったでしょ。君のことは、俺が命を懸けても守るって。小さな怪我一つ、させるわけにはいかないからね」

「あ、えと」

「もしかして、冗談だと思った？」

「い、いいえ。そんな、冗談だなんて」

慌てて首を横に振る遥に、雅は満足げな笑顔を見せる。

正直なところ、冗談だと思っていた。しかしながら、あのとき感じた強く真剣な響きもまた、遥の記憶に熱く刻まれている。

恐らくこのスタンスは、雅が日頃掲げているプロ意識からきているのだろう。

自分の仕事を手伝う被憑依者を、起こりうる危険から守り抜くこと。今回はたまたま自分がその役割を買って出た。それだけのことだ。

少し罪作りな人だな、と遥は小さく苦笑した。

「あ……、雅さん、あそこ」

先を歩く彼女が、不意に足を止める。そこは横断歩道の途中に架けられた短い橋で、下には川が静かに流れていた。

先ほどと変わらず、生気が抜け落ちてしまったような横顔を物陰からじっと見つめる。

脇に抱えていた紙袋を手にするや否や、彼女の顔が次第に悲しみの色に呑まれていった。底が見えない海のように、その色は深く、暗くなっていく。

「綾那ちゃん」

ぽつりと告げられた名に、思わず肩が揺れる。

綾那。亡くなった花嫁の名だ。

「ごめんね。私のつまらない思いつきのせいで……本当に、本当にごめんなさい」

両手で持たれた紙袋に、ぐっと力が込められる。紙袋の形がいよいよひしゃげていくのを目の当たりにした瞬間、遥の胸に誰かの声が大きく響いた。

やめて。

お願い、もうやめて。

「お義母さん！」

気づけば遥は、物陰から飛び出し声を張っていた。

背後では雅が無言でこちらを見つめているのがわかる。ああ、何をしているんだろう。せっかく尾行してきた苦労が全部水の泡だ。

胸を叩くような心臓の鼓動を感じながら、遥は意を決し、女性に近づいていった。

「あら……あなた、さっきもお会いした……？」

「あ、は、はい。その、偶然向かう方向が同じでしてっ」

「そうなの」

苦し紛れの言い訳だったが、女性はさして気に留めていないようだった。

「それでその、今手にしているその、紙袋なんですが」

「……これ？」

「そうです！　その、もしもご不要でしたら、是非！　そちらを私に譲っていただけませんか！」

直球すぎるお願いだった。しかし、今はもうこれ以外思いつかない。

しばらく呆気に取られていた女性だったが、徐々に表情が悲しみに浸されていった。

「ありがとう。さっきのやりとりを見て、心配していただいたのね」

「あ、いえ、その」

「でも、ごめんなさい。これは誰にもあげられないの。私の娘を不幸に追いやった、呪いのプレゼントだから」

「あっ！」

止めに入る余地もなかった。

次の瞬間彼女は、両手に持っていた紙袋により一層の圧力をかける。中からは何かが潰れ、小さく弾け飛ぶような音が聞こえた。遥は大きく息を呑む。

「本当に、情けないわね」

「あ、あの」

「捨てるべきなのに。わかっているのに。……捨てられないのよ」

俯いた彼女の瞳から、静かに落ちていく雫を見た。

「こんなものを持っていたって、あの子はもう戻ってこないのにね。一等悲しむべきは私じゃないのに、いつまでもこうしてぐずぐずしてばかりで」

「……お義母さん」

ふと口からこぼれた呼びかけに、彼女の顔がはっとこちらを見上げる。瞳はいまだに濡れていたが、表情はほんの僅かに和らいだようだった。

「不思議ね。あなたのことが一瞬、あの子のように思えたわ」

そう言うと彼女は、握りしめるように手にしていた紙袋を、そっとこちらに差し出した。

「ぐしゃぐしゃになってしまったから、きっとお役には立たないだろうと思うけれど」

「！　……いただいても、よろしいんですか？」

「ええ。これも何かのご縁よね。不要なら、あなたの判断で捨ててくれて構わないわ」

戸惑いを抱えつつ、遥は紙袋を受け取る。

紙袋を小さく揺らしてみると、細かなパーツが中で転がる音がした。

確かに、中のプレゼントはもう原形を留めていないらしい。でも、それでも構わなかった。

「それじゃあ、私はこれで」

「はい……ありがとうございました」

「こちらこそよ、お嬢さん。親切にしてくれて、本当にありがとう」

儚げな笑みをたたえた女性を、遥はその背が見えなくなるまで見送る。

胸の中で暴れ回るやるせない感情をどうにか抑え、紙袋を優しく撫でつけた。

こちらを見守っていた雅が、足早に駆けてくる。その顔を目にしてようやく、遥は安堵の息を吐いた。


それからは、怒濤の日々だった。

破損したティアラの修繕、ドレスの最終調整、式場となる舞台の手配、招待状の作成、生花の発注、その他装飾品の在庫確認、などなど。

本業の合間を縫っては頻繁に手伝いに出ていた遥だったが、そのたびに結婚式準備の多忙さを目の当たりにしていた。

劇団拝ミ座でドレスの最終調整を受けた日、遥は大人しくお茶の間に腰を下ろしていた。

当日手配済みの式場に招待するのは、新郎と義母の二人だ。

二人に招待状を渡すのは式当日。その日は、すでに雅たちが事前に偽の予定で押さえているらしい。

近づいてくる一大イベントの足音に、花嫁という役割の大きさを改めて認識する。小さく高鳴る心音を感じながら、遥は円卓に置かれたお茶にそっと口をつけた。

「ドレスの調整は終わった。あとは当日を待つだけだ」

「和泉さん、お疲れさまでした」

作業部屋から出てきた和泉が、自分の湯飲みを持って現れた。遥の対面に腰を下ろし、自ら淹れたお茶に口をつける。

「にしても、あんたも相当物好きだな」

必要最低限しか口を開かない彼の、唐突な言葉だった。

「今まで単発でスカウトしてきた演者は、こういった裏方作業に関わらないのが基本だった。もともとこちらも、当日の協力のみ受ける約束でスカウトしているからな」

確かに、雅からも最初はそのように話をされていた。それを他にも何か協力させてほしいと申し出たのは、遥自身だ。

「すみません。私のわがままで、和泉さんにも色々とお手間を取らせてしまいましたね」

「そうは言っていない。ティアラ制作は、あんたが現物を譲り受けたおかげで相当手間が省けた。洋裁教室前で一瞬目にしたあれだけじゃ、さすがに再現は厳しい」

「あ、ありがとうございます」

もしかすると、少しは拝ミ座の二人の役に立てたのだろうか。いつもどおり素っ気ない口調ながらも感じ取れた労りの気持ちに、小さな喜びが湧いてくる。

「お。タイミングがいいね。二人とも休憩時間？」

「雅さん！」

玄関からひょいと顔を出した雅が、笑顔で円卓に加わった。手に提げているのは、この近所で有名な和菓子屋の紙袋だ。

「みんなお疲れさま。お菓子でも食べて元気出してね」

「はい。ありがとうございます」

「和泉も食べるよね。小皿を出そうか」

「ああ」

袋から顔を出したのは、一口サイズの可愛らしい練り切り菓子だった。

桃色の桜の花と薄黄緑色のウグイスが象られた練り切りは、眺めているだけでも存分に楽しむことができる。

お茶が一層進む淑やかな甘さに、遥はほっと幸せな息を吐いた。

「今回も無事に舞台の幕を上げられそうだね。これも遥ちゃんのおかげだよ」

「いえそんなこと。私がしたことは本当に微々たるものですから」

謙遜ではなく冷静な判断からの返答だったが、雅は首を横に振る。

「ここでこうして花嫁のことを想ってくれているだけでも、十分すぎるくらいだよ。君みたいな子に寄り添ってもらえて、彼女も喜んでる」

「そう、でしょうか」

雅と和泉の二人は、ともに亡き人を視る目を持つと聞いている。遥はただ想いを馳せるのみでその姿を目にすることはできないが、雅の言葉は遥の胸をじんわり温かくさせた。

でもきっと、ここに来るのも今日が最後なのだろう。

次はいよいよ結婚式当日。それを終えればもう、この屋敷に来訪する理由はなくなる。

ふとそんな事に思い至り、遥は屋敷内を見回した。

歴史を感じさせる柱や梁の木材に、丁寧に手入れされていることがわかる若草色の畳。座卓が置かれた居間のスペースも、いつの間にか遥にとって馴染みある空間になっていたことに気づく。

「美味しいお菓子をありがとうございました。それじゃあ、私はそろそろお暇しますね」

「わかった。送っていくよ」

「いえ。雅さんも準備でお疲れでしょうから、しっかり休んでください」

まるで、ボタンの掛け違いのような出逢いだった。

代わり映えのない日常に落とされた鮮やかな彩りのひと時は、もうすぐ終わりを告げる。

「雅さん、和泉さん、さようなら。当日を楽しみにしていますね」

僅かに滲んだ寂しさを胸に仕舞い、遥は笑顔で劇団拝ミ座をあとにした。

身体に張り巡らされていた緊張の糸は、いつの間にか緩く解かれていた。

鼻筋や頬に丁寧に伸ばされていくクリームに、撫でるように乗せられていくパウダー。目元に徐々に足されていく色味は、気づけば美しい瞬きをはらんだグラデーションになっている。

頬に何層にもわたって丁寧に乗せられたチークも、まるで花が咲いたように美しい。最後に桃色のリップと少しのグロスを乗せた唇をティッシュで押さえ、遥はほうと息を吐く。

ウエディングドレスに似合いの夜会巻きにまとめられた髪の上から、淡い白のヴェールが丁寧に下ろされた。

「完成だ」

「ありがとうございます」

念入りに確認を済ませた和泉が、すっと遥の前から身を避ける。

目の前の鏡に映った姿は、今まで幾度も目にしてきた自分の中で、間違いなく最高に美しかった。

「すごい……メイクの力は偉大ですね……」

「あんたはもともと薄化粧だからな。それに、ただメイクをしただけじゃあない。件の花嫁の面差しに近づけるためのメイクでもある」

言われてみると、確かに鏡に映るその姿は、そもそも自分と少し似た別人のようにも見えてくる。

今までその記憶を垣間見つつも、一度も目にすることができなかった、依頼主の顔。

……はじめまして。藤野綾那さん。

「遥ちゃん、和泉。入るよ」

ノックされたあと、扉が開く音がする。現れた人物と視線を交わした瞬間、遥は目を見開いた。

「わあ、雅さん、素敵な服装ですね……！」

「いやいやいや。その言葉、百パーセント俺が言うべきだよね？」

困ったように笑う彼に、遥もふふっと笑みを漏らす。

現れたのはフォーマルスーツをさらりと着こなした雅だった。元来長い四肢がさらに際だつ洗練された佇まいに、茶色の癖毛は額を出す形で整えられている。

今日の雅は、新郎新婦をエスコートするプランナー役だ。教会で職務を全うする者の神聖な空気を感じ、遥も改めて身が引き締まる思いがする。

「和泉。新郎とお義母さんは控え室で待ってるよ」

「わかった」

短く答えた和泉が、辺りの荷物を素早くまとめる。一度遥を振り返り髪の毛を小さく整えたあと、納得したように部屋をあとにした。

式場の場所は、近隣の山の麓にある小さな教会だった。

薄緑色に染まった木々に真っ直ぐ延びる道。視界が開けた先には陽の光に淡く包まれた建物が佇んでいた。小規模な結婚式に利用されることも多く、内部には新郎新婦や親族の控え室も併設されている。

部屋に残った二人の間に、しばらく透明な沈黙が落ちてくる。

「なんだか、不思議な気持ちです」

ぽつりと呟き、そっと椅子から立ち上がる。

まとっているドレスの重みも、今はとても心地がよかった。自然に背筋が伸び、改めて鏡に映された自身を見つめる。

夢の中で何度も目にした、ウエディングドレス。この姿を見て、花嫁はいったいどんな顔をするだろう。

「新郎さんとお義母さんは、今から準備を？」

「うん。急な呼び立てに困惑している様子だったけれど、和泉と他のスタッフのみんながうまくやってくれるから大丈夫だよ」

劇団拝ミ座の仕事は、依頼人の未練の内容によってその仕事も大きく変わるという。

キャストだけを完璧に整え、舞台は街中を利用する小規模な演出のときもあれば、今回のように舞台まで完璧に準備した大規模な演出まで多種多様なのだ。

そして後者の場合には、当日様々な仕事に協力してくれる臨時のスタッフが数多く存在する。そのほとんどは、今まで雅らが接する機会のあった元依頼人やその関係者なのだそうだ。

当日の段取りを正確に遂行していく、黒子のような存在。今日このときのために、遥が想像するよりもたくさんの人が力を貸してくれている。そのことが遥は何より嬉しかった。

「今日が本番なんですね」

「うん。遥ちゃんに一番頑張ってもらうのも、これからだね」

「やっぱり、少しどきどきしますね」

事前に何度も言い含められてきたこと。

花嫁の霊を、遥の身体に入れる。

憑依させた後に遥の意識がどの程度残るのか。言葉や動作にどの程度影響が及ぶのか。

依頼を終えた後はどんな状態になるのか。

それらはすべて、やってみないとわからない。

「せめて花嫁さんが、この身体を気に入ってくださるといいなと思います」

思いのままを口からこぼした遥に、雅は目を瞬かせた。

そして次の瞬間、ぷっと吹き出すと肩を揺らして笑いはじめる。

「え、雅さん？」

「ははっ、本当、遥ちゃんって面白いこと言うね」

「面白くありませんよ。花嫁さんにとっては、とっても大切なことです」

「遥ちゃんは優しい子だね。君に出逢えて、本当によかった」

「……私も、雅さんたちに出逢うことができてよかったです」

ほんの僅かに胸に滲んだ哀愁を誤魔化すように、遥はふわりと笑みを浮かべた。

そんな遥に応えるように微笑んだ雅は、後ろの鞄からおもむろに何かを取り出す。

「それじゃあ、そろそろ俺たちも始めようか」

ばさりと広げられたのは、美しい紺色の羽織だった。

見ただけで上質とわかる細やかな織り目に、金糸の刺繍が施されている。

浮かび上がる模様は植物のようにも動物のようにも見え、妖しくも不思議な魅力が放たれていた。

「雅さん。その紺色の羽織は……？」

「うん。これが俺の正装。この手の力を使うときにはいつも、この羽織を掛けるのがマイルールなんだ」

フォーマルスーツ姿の雅が、慣れた手つきで紺羽織を肩にまとう。

その瞬間、雅を取り巻く空気が凛と整えられた心地がした。

ゆっくり開かれた雅の双眼に、遥の心臓が小さく音を立てる。

「準備には最善を尽くしてる。遥ちゃんはただただ、気持ちを安らかにしていて。花嫁は時折うちの家に来ては君のことも覗いていた。いつもいつも、君への感謝の言葉に溢れていたよ」

差し出された長い人差し指が、そっと遥の額に触れる。

瞬間、少しひやっとした心地のあとに、何か温かなものが全身を満たしていくような心地を覚えた。

「大丈夫。俺が君を、命を懸けても守るよ」

はい。信じています。

その返事が言葉となっていたのか、遥にはわからなかった。

◇◇◇

藤野綾那。

穏やかで少し気弱な父親と、しっかり者で料理上手な母親の間に生まれた、極々平凡な少女だった。

幼稚園のころには将来お父さんと結婚すると言い張るような、お父さん子。

『でもお父さん、お母さんと結婚しているからなあ』

そう言って弱り顔をする父親に号泣する綾那を、母親が慌てて抱きしめてくれた。

性格は母親に似たのか、自分の思いは真っ直ぐ正直に伝える子どもだったし、それが悪いことと思ったことはなかった。嘘つきは泥棒の始まりなんだと、学校の先生も言っていた。

それが大きく変わってしまったのは、小五のころ。両親が亡くなってからだ。

嘘をつかなくては生きていけない世界に放り出され、綾那はすぐに嘘が上手になった。

だって嘘をつかなければ、周りを困らせてしまうから。お父さんとお母さんに会わせてほしいと懇願したって、無理だとわかっているから。

それでも、絶えず流れていく時間が、次第に傷ついた心を癒やしていく。

引き取られた祖母の家ではなるべく面倒を掛けないように多少の無理もしたが、それでも穏やかで幸せな日々だった。

社会人一年目にその祖母も他界し、初めての一人暮らしが始まった。幸い大手の会社に就職を決めていたため、生活に困窮することはなかった。

それでも、不意に襲う孤独は堪えようもない。

このまま自分が死んでも、誰も悲しまないのかもしれない。むしろ、誰かを悲しませないためにも、このまま一人でいるほうがいいのかもしれない。

そんな考えを定期的によぎらせ、望むとも望まずとも、自分はずっと一人なのだろうなと思っていた。

あなたと、巡り逢うまでは。

「あ……」

美しい彫刻が施された、教会の扉が開かれる。

溢れるように奏でられるパイプオルガンの音色を肌に感じながら、綾那はそっとまぶたを開けた。

ヴァージンロードの途中には、目を大きく見開く愛しい人の姿がある。

傍らの席に腰掛けていたもう一人の人物は、ハンカチを口元に押しつけたまま無言で立ち上がった。

「あ……綾那……？」

「綾那ちゃん、なの……？」

「慎介！　お義母さん！」

堪えきれずに溢れた涙が、目尻を熱く濡らす。

ヴァージンロードを慣れないヒールで駆け出した綾那は、そのまま慎介の腕の中に飛び込んだ。

「綾那……綾那っ！」

「慎介……ごめんね！　悲しい思いをさせちゃって、本当にごめんね……！」

覚えのある抱擁の感触だった。

素直じゃない自分をいつも包み込んでくれた、優しい温もり。

「綾那……でも、どうして……」

どうして、抱きしめることができるのだろう。そんな疑問を語る瞳に、綾那はふふっと笑みを漏らした。

「ある人に助けてもらったの。もう一度だけ生者として時を過ごすとしたら、どの場面を選びますかって」

あれはいったいどこで、いつのことだっただろう。目の前の景色もろくに見えない空間の中で、その人の声だけが明瞭に届いた。

『さあおいで。話を聞くよ』

気づけば通されていた少し古びた和室には、初対面の茶髪の男性が佇んでいた。

「俺とのこの時を、選んでくれたのか」

「当たり前でしょう。私がずっとずっと待ち望んでいた、人生最良の日なんだもの」

「綾那……」

慎介の瞳に浮かぶ涙を、そっと指で拭う。

互いに微笑み合ったあと、綾那はそっと視線を傍らの席へ向けた。

「お義母さん……お久しぶりです」

「っ、あ」

「私、あれからずっとお義母さんのこと」

「ごめんなさい！　綾那ちゃんっ！」

こみ上げるような激情が、義母の——詩乃の表情を大きく崩す。

ボロボロとこぼれ落ちた涙を拭う間もなく、詩乃はその場にがくりと膝をついた。

「綾那ちゃん……ごめんなさい！　慎介も、本当にごめんなさい！」

「お、お義母さん⁉」

「私が、私があんなプレゼントなんて考えたばかりに……！」

頭を垂れた詩乃の慟哭《こうべ》が、教会に悲しく反響する。そんな義母の肩に、綾那はそっと手を添えた。

「お義母さんのせいじゃないです。あれは不幸な事故だったんです。だから、もうそんなふうに言わないで」

「う、うう……っ」

「お義母さんからプレゼントがあると聞いて私、すごく嬉しかったんですよ」

ゆるりと持ち上げた詩乃の顔に、綾那は笑顔を向ける。

互いの頬に泣き痕を見る。教会のステンドグラスから注ぐ陽が僅かに反射して、きらきらと美しかった。

「私、お義母さんにたくさんのものをもらいました」

落ち着いて伝えたい気持ちの一方で、喉の奥が微かに震える。

しっかりしろ。この想いを伝えるために、自分はここまで来たのだから。

「私に新しい家族をくれたこと。心底愛する慎介さんを産んでくれたこと。私を……本物の娘として接してくれたこと」

「綾那ちゃん……っ」

「幸せでした。信じられないくらい嬉しかった。ずっとずっと、私は独りぼっちで生きていくんだと思っていたから」

詩乃の頬に流れる涙の意味が、徐々に変わっていくのを感じる。

すると詩乃の背後に、フォーマルスーツをまとった不思議な男が立った。

まるでそよ風のように肩に触れ、詩乃にあるものを差し出す。シルクのハンカチを開き現れたそれに、詩乃は目を見張った。

詩乃が密かに制作を進めていた、サプライズプレゼントのティアラだった。

ステンドグラスからの彩りを含んだ光が、現れた美しい造形を淡く瞬かせる。

表面にかけてなだらかな高さを描いていく曲線の先に、パールの淑やかな白が輝いていた。本体を彩るジルコニアが、先端から根を下ろす花と蔓の模様の合間に施されている。

その象られた花の形状に、綾那は小さく息を呑んだ。

「お義母さん……覚えていてくれたんですね。私が、桜の花が大好きだってことを」

「っ……」

「お義母さん。それをどうか、私の頭につけてくれませんか」

そっと傍らにしゃがみ込んだ花嫁に、詩乃はひどく狼狽した。

「で、でも、これは……」

「私、ウエディングドレス姿になれなかったこと、すごくすごく後悔したんです。大好きな人の手で作られた衣装をまとって、大好きな人に見守られて、大好きな人との愛を誓う機会を失ってしまったことが」

「っ……あやな、ちゃん……」

止めどなく流れる涙を、詩乃はきゅっと自分で押し止めた。男に差し出されたそれを手に取り、綾那のほうへ振り返る。

綾那の髪に、詩乃はティアラを静かに差し込んだ。

ゆっくり顔を上げた綾那が、頬を淡く紅潮させる。

「へへ……似合いますか。お義母さん」

「ええ、ええ。もちろんよ。綾那ちゃんのために作った、あなただけのティアラだもの」

次の瞬間、くしゃりと表情を歪めた二人は互いに抱きしめ合った。

「ありがとうございますお義母さん。こんなに素敵なプレゼント、受け取れなくてごめんなさい。ごめんなさい……！」

「どうして謝るの。あなたは何も悪くないわ。気が逸った私が突然呼び出してしまったのがいけなかった。本当にごめんなさい。ごめんなさいね、綾那ちゃん……！」

しばらくの間二人の泣き声が、教会内を小さく反響させていた。震える背中に、そっと手が添えられる。

温かい。慎介の手だ。

「ほら、俺の言ったとおりだろう。やっぱり二人はよく似てる。人のために自分を責めがちなところも、気が強いけれど本当は泣き虫なところも」

「慎介……」

「本物の、親子みたいだよ」

そう言った慎介は、自分も泣きそうな顔をして笑った。


改めて、綾那は教会の扉前に立った。

開かれた教会は、古い造りながらも深い歴史と伝統を感じさせる。

左右に並んだ焦げ茶の長椅子には、右最前列に義母が座っている。美しいステンドグラスに照らされる聖壇前で、慎介が綾那の到着を待っていた。

一歩、また一歩とかみしめるようにヴァージンロードを進んでいく。

どきん、どきんと心臓の鳴る音を感じ、不思議な心地になった。

この身体を貸してくれた女性の心音。あの人がいなければ、こんな奇跡のようなひと時を過ごすことは叶わなかった。

「新郎、藤井慎介さん」

「はい」

「あなたは藤井綾那を妻とし、喜びのときも、悲しみのときも、その心を信じ、寄り添い、励まし合い、深く愛することを誓いますか」

「はい。誓います」

隣の慎介が、目の前の牧師に真っ直ぐな瞳で答える。

背中には、自分たちを見守っている義母の温かな眼差しが感じられた。

「新婦、藤井綾那さん」

「はい」

「あなたは藤井慎介を夫とし、喜びのときも、悲しみのときも、その心を信じ、寄り添い、励まし合い、深く愛することを誓いますか」

「……はい。誓います！」

笑顔で答えた。

この誓いの言葉がいつの日か、残された二人の心を明るく照らしますように。これから先を生きていく二人のお守りになりますように。

互いに向き合った二人が、それぞれの薬指に誓いの指輪を嵌める。

「綾那の結婚指輪……まさか綾那自身が持っていたとは思わなかった。俺も、必死に探し回ったのにな」

「この指輪は、私が絶対に見つけ出さなくちゃいけないって思ってたの。慎介と結婚しますっていう、大切な証しなんだもん」

交通事故に遭ったときに手にしていた結婚指輪は、近くの川まで弾き飛ばされ流されてしまっていた。

亡き者になってもなお、何日もかけてようやく川べりで見つけ出したときには、心の底から安堵した。

「綾那の指輪も見つけられない俺なんかが、対の指輪を付けているのは許されないと思っていたんだ。だからずっと俺の指輪は、机の引き出しに仕舞ったままでさ」

「許されないなんて、そんなこと誰も思ってないのに」

「そうだよな。ただ、俺自身が許せなかっただけだった。馬鹿だよな」

大好きな人に贈り、贈られた、幸せの証し。

左薬指に改めて瞬くそれを眺めた綾那は、そのまま慎介の手をぎゅっと包み込む。

「綾那？」

「慎介」

優しく問う慎介を、ゆっくりと見上げた。

出逢ったときと少しも変わらない、優しい瞳だ。

他人と深く関わることを避けて生きてきた自分を、ときに支え、ときに叱咤し、ときに寄り添ってくれた。

慎介。私の、大切な人。

「今日は、私のわがままで驚かせてごめんなさい」

「いいよ。綾那に驚かされることには、もう慣れてるから」

「ねえ慎介。わ、私、ね……」

言葉が急に詰まる。

そのことに、動揺で心臓がどくんと鳴った。

「綾那……」

「あ、あのね。その、身体にはくれぐれも気をつけてね。慎介、限界ギリギリまで頑張っちゃう性格なんだから。それから、お義母さんとずっとずっと仲良くしてね。それから、その……」

咄嗟に俯いた綾那を見て、慎介が両手を握る。

震えが伝わってしまう。どうしよう。こんなはずじゃなかったのに。

「その、ね。わ、私、ちゃんと大丈夫だからね。だから慎介、もしも、その、他に……」

「うん」

「他に、ね。この人と幸せになりたいって。そう、思える人と出逢えたら……」

「綾那」

たどたどしく言葉を続けていた綾那を宥めるように、ふわりと慎介が抱擁する。真綿で包むような優しい温もり。大好きな慎介の温もり。

いつか、誰かのものになってしまう。

「っ……ふ、うう……っ」

もっとちゃんとやれるはずだった。この日を迎えるまでの間、ずっとずっと考えてきたのに。

今日このときが、慎介と義母に言葉を残せる最後のチャンスだ。だからこそ、温かく素敵な言葉を残して別れたい。

今までの感謝。自分の素直な気持ち。残される二人へのエール。

そして――どうか自分に囚われないで、幸せになってほしいと。

「綾那、ごめん」

身体を包んでいた腕に、僅かに力がこもる。

「綾那は優しいから、ずっと考えてくれていたんだな。自分に何ができるのかを、ずっとずっと……俺たちのために」

「っ……！」

全部、お見通しだった。

二人がともにいた時間は、端から見れば短いものだったのかもしれない。

それでも綾那にとってこの人といる時間こそ、真に一生涯望んだものだった。

「本当はね。他の人と慎介が結婚したりするの、まだあまり想像できないの」

「うん」

「でも、慎介には幸せになってほしいの。私のことばかりに囚われて、寂しい気持ちを背負って生きてほしくはないの……っ」

「どうかな。綾那のことを想うとき、確かに寂しさもあるけれど、それだけじゃないよ」

慎介の胸に寄り添っていた綾那が、ゆっくりと顔を上げる。その先には、穏やかに笑みを浮かべる慎介がいた。

「そばにいられなくて寂しいし、綾那との未来をなくしてしまったことは悔しいけれど。綾那のことを想うと元気になれる。自分に優しくなれる。胸の奥が……温かくなる」

「慎介……」

「綾那はこれからも俺の中にいる。ずっと……ずっとだ」

寂しかった。悔しかった。もう、彼のそばにはいられないこと。彼との未来をなくしてしまったこと。

それでも、あなたがそう言ってくれるなら。

「きっときっと、幸せになってね」

「うん」

「やきもちは焼いちゃうかもしれないけれど、我慢するから。私はいつだって、慎介の味方だから」

「うん」

「ねえ慎介」

美しい光の雫が、綾那の頬を辿る。次の瞬間、花嫁の身体を淡く白い光が覆った。

慎介と義母が、はっと息を呑む。

「私と出逢ってくれて……ありがとう」

「綾那」

「私を愛してくれて、ありがとう」

「綾那」

「二人に出逢えて、家族になれて。私はとっても幸せでした」

「綾那、逝くな」

光に包まれた手を、ぎゅっと握りしめる。

感じる小さな震えは、綾那のものではなかった。

「逝くな……頼む。俺を置いていかないでくれ」

「慎介」

「あの日、あのとき、俺も一緒に行っていればよかった。そうすれば綾那は事故になんか遭わなかったかもしれないのに。なのに……どうして……っ」

いつも穏やかに笑っていた。その奥底で、人を想い心に押し込めた気持ちがあることを、綾那は知っている。

そんな彼を、自分が一生支えたいと思ったのだから。

「慎介。大好きだよ」

「綾那……っ」

「ねえ、慎介も、私のことが好き……？」

恋人になってから幾度となく投げかけてきた問いだった。

自分に自信が持てない綾那は、時折冗談めかしてそんなことを聞いた。

慎介の頬にそっと手を添える。その手を包むように握り、慎介は笑った。

「好きだよ。綾那のことが……大好きだ」

「うん。嬉しい」

「俺と出逢ってくれて……ありがとう。綾那」

愛してる。

想いを象った唇が、静かに重なった。

淡く包み込んでいた光が、まるで天使の梯子のように空に向かって続いていく。

それはとても美しく、幸福そうな光だった。

◇◇◇

薄く滲んだ風景に、ゆっくりとピントが合っていく。

見覚えのある和室の天井。どうやら、劇団拝ミ座に運ばれたらしい。

「目、覚めた？」

傍らから静かに言葉をかけられる。

視線を向けると、遥が横たわる布団のすぐ隣に着物姿の雅が座っていた。

灰色の縞模様の着物に、紺色の羽織を肩に掛けている。その居住まいはどこか儚げで、遥は一瞬見惚れてしまった。

「大丈夫？　どこか調子の悪いところはない？」

「はい……大丈夫です。ほんの少し、頭がぼうっとするだけで」

話しながら、徐々に意識が覚醒していく。

ああそうだ。自分はウエディングドレスをまとって、花嫁に、綾那にこの身体を貸し出したのだ。

思い出した瞬間、遥はがばりと上体を起こした。

「あの。綾那さんの挙式は、無事に終えたんでしょうか……!?」

「うん。滞りなく終わったよ。素敵な挙式だった。新郎とお義母さんも、そして花嫁さんも、君に感謝していたよ」

「そう、ですか。よかった……」

ふにゃりと顔を緩めた遥が、再びぱたりと布団に身を預ける。

まぶたを閉ざして、記憶の欠片をそっと探ってみる。それでも、憑依されていたときの記憶は残っていなかった。

ただ、水彩絵の具を一滴垂らしたような淡い幸福が、僅かに胸の中に残っている。

この温かな感覚が花嫁の残した想いであれば本当によかったと、遥は小さく息を吐いた。

「花嫁の霊は、無事に空に逝ったよ。そのあと遥ちゃんはその場で気を失ってね。ここに運んで休んでもらって、今は翌日のお昼だよ」

「そうでしたか……色々とありがとうございました」

「こちらこそ、今回は遥ちゃんの協力なしでは成り立たなかったよ。ありがとう」

深く頭を下げた雅に、遥も慌てて布団を這い出て頭を下げた。

同時に、もうここに来る理由がなくなってしまったことを実感し、遥は小さく口を結ぶ。

「起きたのか」

「うん。たった今ね」

「和泉さん」

すっとふすまが開き、廊下から和泉が雅と同様着物姿で現れた。

もともと白肌に黒髪の端整な顔立ちの彼には、濃紺の着物と羽織がとてもよく似合う。

「今ちょうど目が覚めて、昨日のお礼を言っていたんだよ。あそこまで花嫁を受け入れてくれるなんて、和泉だって想定していなかったでしょ」

「まあな」

「え？　あそこまで、っていうのは……？」

気になる言葉を尋ねた遥に、雅が口を開いた。

「実はね、昨日花嫁の霊を下ろしたときの君は、生前の花嫁の姿そのものだったんだ」

「……え？」

言われた意味がよくわからず、首を傾げる。

「えっと。それはいったいどういう……？」

「通常の憑依の場合、言葉や動作、表情の細かな癖は、霊の意志によるものだから生前と重なることも多い。でも君はそれだけじゃなかった。顔も、声も、俺が今まで接してきた彼女に瓜二つだったんだよ」

「顔も声も、ですか？」

思いがけない事実に、遥は目を瞬かせた。

もともと和泉の施したメイクで、ある程度対象人物に似せてはいた。それでも元は別人の身体のため、当然生前とまったく同じとはいかない。

ところが遥は、生前深い関わりのあった二人から見ても、見分けがつかないほどだった。それはもう、不思議なほどに。

「でもそれは、いったいどういうことでしょう？」

「一度憑依させないとわからなかったことなんだけどね。遥ちゃんは恐らく、他人を受容しやすい人なんだ。感情や記憶だけじゃない。その性質や性格、そして外見をも」

雅の言葉が、遥の中にすとんと落ちていった。

ものに触れることで他人の想いを見ることがあった。会話の中に隠された本音がはっきり耳に届くことがあった。そんな奇妙な力の存在が、辛くて堪らなかったのに。

その受容の幅が想像以上に広く、それが今回、人の役に立った——ということだろうか。

「大変だったよね」

気づけば雅の手が、遥の頭にそっと乗せられていた。

「これまでも、遥ちゃんが人に真摯になろうとすればするほど、溢れるほどの他人の想いを受け止めてきたんだろうね。それは幸せを運ぶこともあるけれど、きっとそれだけじゃないはずだから」

「みやび、さん……」

「でも、君のその優しさのおかげで、一人の女性が確実に心を癒やされたんだ。本当にありがとう。遥ちゃん」

温かく笑った雅が、ゆらゆらと不安定に揺れて映る。滲んだ涙の膜をきゅっと奥に押し込み、遥も笑った。

「ありがとうございます。こちらこそ、こんなに素敵なお仕事に協力することができて、とても嬉しかったです」

彷徨える霊と語らい、その心を解き、一丸となって未練のひと時を演じきる。

彼らはきっとこれまでも、たくさんの霊たちを救ってきたのだろう。その心を縛る悲しみや苦しみを解き、温かな幸福と感謝を蘇らせながら。

「少し、寂しいです」

「え？」

「いつの間にか私、ここに来てお二人といることが楽しみになっていましたから」

照れくささを覚えながら話す遥に、雅と和泉が目を瞬かせる。

「今の職場に入ってから私、何度も先輩がたに注意されていました。あまり物事を深刻に考えすぎないように。感情移入しすぎないように。あなたは人の感情に呑まれすぎるから、と」

その指摘に悪意はない。

心身ともに辟易としていた遥を心配しての言葉で、その助言の意図は遥も十分理解していた。

でも、理解することと実践することはまったく別のものだ。

「それ以来、仕事中は意識的に感情の蓋を半分くらい閉じるようにしていたんです。でも、ここではそんな必要はなかった。普段どおりの私のままで、お二人と花嫁さんの力になることができました」

それがとても心地よく、嬉しかった。

幸福をもらったのは遥も同じだったのだ。

「だから、本当にありがとうございました。もしまた何か私で力になれることがあれば、いつでも声をかけてくださいね」

「……」

「……雅さん？」

「遥ちゃん」

「おい待て、雅」

こぼれるように名を呼ばれたところで、和泉が雅の肩をがしっと掴んだ。

「お前、いつもの気紛れじゃねえだろうな」

「いやいや。だって今のは俺が会話を誘導したわけじゃないよね。遥ちゃんの完全な自由意志だよね。それに遥ちゃんが劇団拝ミ座に残ってくれたらってことは、かなり序盤から考えてたんだよ？　でも被憑依者だなんて特殊な仕事には違いないし、遥ちゃんの意向を無視したくないしさ。でも遥ちゃんが自らここでの仕事を望んでくれているのなら、もはや遠慮する必要なんてどこにもなくない？」

「え、ええっと……？」

その後も小声でやりとりする二人に困惑する。もしかすると、何か余計なことを言ってしまったのだろうか。

「よし。決めた。遥ちゃん」

「は、はい！」

「君も、俺たち劇団拝ミ座の正式なメンバーになってほしいんだけど、どうかな」

「……」

いつもの穏やかな笑顔で告げられたのは、思いも寄らない提案だった。

目を剥いたまま固まる遥に、雅はなおも続ける。

「君の受容する力は、今まで見たことがないほどの才能だ。加えて、他者に対する思いやりも人一倍強い。今まで数え切れないほどの人に被憑依役の演者をお願いしたけれど、どちらも兼ね備えている人なんてそうはいなかった」

「は、はあ」

「君のような子を、ずっとずっと探してたんだ」

そう言うと、雅がそっと遥の左手を掬い上げた。

大きな手に恭しく握られた手に、心臓まできゅっと握られた心地がする。

徐々に迫ってくる端整な顔に息を呑んでいると、目の前に容赦ない鉄拳が落ちた。

「い、ででで！」

「暴走すんな雅。ひとまず落ち着け」

拳を戻した和泉により、雅との間に程よい隙間ができた。遥は密かに安堵の息を吐く。

「自由意志に任せるにしてはぐいぐい行きすぎだ。こいつだって、今勤めている会社もあるんだろ」

「あ、収入のほうなら心配要らないよ。こう見えて収入も蓄えもきちんとあるし、遥ちゃんにもしっかりとお給金は出せるから」

「あ、はい」

「遥ちゃんはデスクワークが得意なんだよね？　事務仕事は俺も和泉もかなり苦手な分野

だから、是非お願いしたいな。もちろん、必要があれば今回のような被憑依者としての仕事も。もし遥ちゃんが憑依を望まない案件なら、当然無理強いはしないし」

「あ、はい」

にこにこと業務内容の説明をする雅を、遥は「あ、はい」を繰り返しながら眺めていた。

確かに事務仕事は好きだし、被憑依者としての仕事もやりがいがある。でも、こんな話が急に降ってくるだなんてあっていいのだろうか。

夢か、幻想か、それともわかりにくい冗談か？

「突飛な話だと思うけれど、俺は本気だよ」

声のトーンを落とすと、雅はこちらをじっと覗き込む。

淡い茶色がかった色彩に繊細な光が見え、遥を強く惹き込んだ。

「これからもずっと、何があっても俺が命懸けで君を守る。約束するよ」

「雅さん」

「だから、お願い遥ちゃん。俺たちの仲間になって……俺のパートナーになって」

端から見れば、そんな危うい誘いに乗るなんてと笑われるかもしれない。

それでも、今胸に湧き上がる感情に、遥はどうしようもなく満たされていく。それは、ありのままの自分が人から必要とされる幸せと、再び誰かの幸せに寄与できるかもしれない喜びだった。

亡き花嫁が好きだった桜がすっかり青葉に姿を変えた、五月。
劇団拝ミ座に、雅いわく数年来の新規団員加入が決まったのだった。

# 第二幕　癒やしの同居人は今日も食に五月蠅い

「遥先輩！　やっぱり！　先月のあれはプロポーズだったんですね!?」

部長から正式に遥の退社日が報告された、朝礼後。

すぐさまデスクまで駆けてきた後輩が、鼻先のつきそうな距離までにじり寄ってきた。

「だから違うよ。あれはちょっと、特殊な頼まれごとをされただけでね？」

「じゃあじゃあ！　どうしてこの仕事を辞めちゃうんですかー！　あのイケメンが関係してるんじゃないんですか？」

「えっと、関係していると言えばしているんだけど」

「やっぱり！　寿退社じゃないですかー！」

「違う違う！　全然違うよ！」

じたばたする後輩を、遥はなんとか宥めた。その後、親しくしていた先輩や同期も次々に声をかけてくる。新人時代に教育係をした営業課の後輩までも顔を見せてくれ、さすがに少し驚いた。

雅に被憑依者として協力を頼まれたのが、先月のこと。

その後、正式に劇団拝ミ座のメンバーになってほしいと告げられた遥は、翌日には上司に退職の意向を伝えていた。

寝耳に水の報告に上司は目を丸くしていたが、決意に満ちた遥の様子に執拗に残留を望むことはしなかった。総務課への異動のときといい今回のことといい、上司には本当に頭が上がらない。

そして何より、人生の転機となる一歩を踏み出させてくれたあの人に、遥は深く感謝をしていた。


通常業務の合間に進められる限りの引き継ぎ作業を詰め込み、遥は本日の勤務を終えた。

ビルの玄関ホールを出れば、疲労の熱に浮かされた身体を、夜風が優しく冷ましていく。

オフィスビル群を少し行けば、レンガ敷きの駅前広場が姿を見せた。星が瞬く夜八時でも、駅とオフィスビルを繋ぐ広場にはスーツ姿の人がせわしなく行き交っている。

こんな風景を見るのもあと少しなんだ。感慨深く思いながら、遥はいつもどおり環状線の駅方向へ歩みを向けた。

かしゃん。

一人の女性が遥の脇を通り過ぎたとき、何かが地面に落ちる音がした。見てみると、レンガタイルの上に小さなあるものが転がっている。

ブチ猫のキーホルダーだ。

ツリ目のぽっちゃりとしたフォルムが少しふてぶてしくて、なんだか可愛らしい。もしかしたら、今の女性が落としたのかもしれない。

「あの、すみません。キーホルダー落としましたよ……、っ!」

声をかけながら猫のキーホルダーを手に取った、そのときだった。

ぐらりと大きく揺れた意識の中で、いくつもの光景が、瞬く間に遥の脳裏を巡っていく。

耐えきれず地面に手を付いた遥に、「あの」と誰かの声が届いた。

「大丈夫ですか?　どこか身体の具合でも……?」

「あ……だ、大丈夫です。少しつまずいてしまって」

咄嗟のことで、油断してしまった。

遥には、人や物からその感情や記憶を感じ取ってしまう、秘められた能力がある。

今回のような『事故』も珍しくなく、日頃人のものに触れるときは注意しているのだが、仕事疲れでうっかりしていた。

徐々に落ち着いてきた遥は、声の主を見上げ、はっと目を見張る。

今流れ込んできた、キーホルダーの『記憶』。その中の登場人物の一人が、まさに目の前の女性だったからだ。

わざわざ引き返してくれたらしい。間違いなく、このキーホルダーの持ち主だろう。

「ありがとうございます。ところでその。こちらのキーホルダー、あなたのものじゃありませんか？」

「あっ」

立ち上がった遥が見せたブチ猫のキーホルダーに、女性がはっと口元を覆った。

「わ、私のです私のです。拾っていただいたんですね。すみませんっ」

「いいえ。可愛い猫のキーホルダーですね」

微笑みながら、女性にキーホルダーを手渡す。

そして同時に、女性の背後に薄暗い空気の淀みを見た気がした。

虚空から振り下ろされる、鋭く凶暴な光も。

「危ない!!」

「え……っ」

キーホルダーの女性の手首を、咄嗟にこちらに引き込む。

すると立ち位置の入れ替わった遥の肩に、一拍遅れで微かな痛みが広がった。

「だ、だ、大丈夫ですか!?」

「っ……はい、大丈夫です」

努めて笑みを浮かべ、遥は女性に応じる。どうやら彼女に怪我はないらしい。自分の肩部分をそっと確認するも、大した被害ではなかった。ブラウスが小さく裂けてしまったが、二センチほどのかすり傷だ。

今のはいったい何だったんだろう。

彼女の背後に妙な気配は感じた。瞬く鋭い光も見た。問題は、そこに人影らしきものが何一つ見えなかったことだ。

すべては遥の見間違いとしてしまえば片付く話だが、現に振り下ろされた何かによって遥の肩は傷ついている。

「ごめんなさい、ごめんなさい。どうしよう。私のせいでこんなっ」

「大丈夫ですよ。痛みもありませんし、本当に小さな傷ですから」

「あ、私、このオフィスビルに勤めているんです。庇っていただいたお礼と、服の弁償をさせてください！　こちらが私の名刺ですので……！」

差し出された名刺を、条件反射で受け取る。勤務先は確かに、遥にも見覚えのある社名が記されていた。

名を池口成美《いけぐちなるみ》というらしい。

「ご丁寧にどうも……でも、本当に結構ですから。絆創膏を貼るかどうかも悩む程度の傷ですので」

「いいえ、そんなわけには」

「遥ちゃん？」

　終わりの見えない二人のやりとりに、凛とした声が優しく割って入ってきた。振り返った遥は、背後に佇む人物に目を丸くする。

「雅さん！」

「どうしたのこんなところで。会社はもう終わり？」

「あ、は、はい。ええっと」

　突然現れたのは、新しい転職先の雇い主でもある御護守雅だった。

　月夜を背景にこちらを見つめる彼は、今日もやはりイケメンだ。隣にいる成美もその美貌に当てられたのか、目を見開いたまま固まっている。

　今夜は拝ミ座関係の約束はしていない。なのに雅は何故こんなところにいるのだろう。

「この怪我、どうしたの？　何かあった？」

　めざとく見つけられてしまった肩の怪我に、雅の労るような手がそっと触れる。

　雅は僅かに眉をしかめたあと、自らの上着を遥の肩に掛けた。一応露わになった肌を気にかけてくれたようだ。

　その温かさに一瞬胸が音を奏でるのを感じながら、遥は首を横に振った。

「大したことじゃないんです。ただちょっと、何かが掠ってしまっただけで」

「いいえ、いいえ。違います。私のせいです」

成美の強張った声が、広場の一角に響いた。

「本当は、私が切られるはずだったんです。わ、私、私のせいで……！」

「成美さん？」

いつの間にか涙を浮かべて身体を震わせる成美に、遥は宥めるように背中をさする。

彼女の手には、先ほど遥が拾い上げた猫のキーホルダーが強く握られていた。


「少し、落ち着きましたか」

「はい……本当に、ご迷惑をおかけしました」

その後、遥と雅は顔色の悪い成美を連れて馴染みの店を訪れた。雅とも以前話し合いの場として選んだ、カフェレストランだ。

席に腰を下ろし温かな紅茶に口をつけたころには、成美も大分落ち着いた様子だった。

「取り乱してすみませんでした。遥さん、先ほどは庇っていただいて本当にありがとうございました」

「どういたしまして。本当に小さな傷ですから、気にしないでくださいね」

遥は笑顔でそう言うと、成美は弱々しく頷いた。

しばらく沈黙が落ちる。小花の装飾が施されたティーカップをじっと見つめたあと、成美は意を決したように口を開いた。

「実は……さっきのような切り裂き被害は、今回が初めてではないんです」

「えっ」

思いがけない言葉に、遥は声を漏らした。

「私自身が狙われたのは今回が初めてです。でも、私が所属している部署の社員が、立て続けに今回のような切り裂き被害に遭っているんです。私を入れて、もう五人目になるでしょうか」

「そ、そうだったんですか？」

「はい。といっても、今までは怪我をするまでは至りませんでした。気づいたら鞄が裂かれているとか、服が破れているとか、物の被害ばかりだったんです。どれも自分で知らぬ間につけてしまった傷とも考えられて、みんな警察にも相談していなかったんです」

なるほど。今回のように犯人の姿を誰一人見ていないならば、なおのこと事件沙汰にするのは躊躇してしまうかもしれない。

「でも、もしかしたら成美さんは、犯人に心当たりがあるんじゃないのかな」

運ばれてきた抹茶ケーキを頬張るなり、雅は穏やかに告げた。

淀みのない真っ直ぐな問いに、遥も成美も息を呑む。

「俺の勘違いだったらごめんね。でもさっきの君の口ぶりが、何か他にも事情を知っているように聞こえたから」

「み、雅さん」

それは確かに、遥も感じ取ってはいた。

先ほどの成美は、しきりに『私のせいで』と言っていた。

その言葉から感じられた強い自責の念は、果たして遥の負傷のみに向けられたものなのだろうか、と。

「……仰るとおりです。実は最近、部署内で嫌な噂が立つようになっていたんです」

「噂ですか？」

「二ヶ月前に、同じ部署の先輩が亡くなったんです。帰宅途中に歩道橋の階段から誤って転落して……突然の訃報でした」

思いがけない話に、遥が目を見張る。

「とてもいい先輩だったんですよ。誰にも分け隔てなく優しくて、仕事も優秀で、入社したときから私の憧れの女性でした」

「そうだったんですね」

「それなのに。あんなに素敵な人はいないのに。最近の切り裂き事件が、先輩の仕業じゃないかという噂が流れはじめたんです。先輩の霊が、同じ部署だった社員に憑いて回っているんじゃないかって……！」

語尾を大きく震わせた成美の瞳から、涙の粒がぽろぽろと落ちていく。

「もともと優秀な先輩のことを妬んでいた人が作り上げた、でっち上げです。でも、不安な社員たちがそれをまことしやかに広めはじめてしまったんです。先輩と同じ部署の人間にしか被害がないこともその証拠だって。そんなことあるわけないって思っています。でもしそれが本当だとしたら、私、どうしたらいいんだろうって……！」

「……成美さん。もしかすると、さっきの猫のキーホルダーも、その先輩に何か関わりがありますか？」

「……え？」

困惑と絶望の色を浮かべる成美に、気づけば遥は口を開いていた。

予期せぬ質問を受けた成美は、驚きに目を瞬かせる。

「実は、そのとおりなんです。よくわかりましたね」

「え、ええっと。キーホルダーを受け取る成美さんの様子を見て、なんとなくそうかなあと思いまして……！」

嘘だった。

本当は、先ほどキーホルダーを拾ったときに流れてきた『記憶』で見たのだ。

成美とおぼしき女性に、もう一人の女性がそのキーホルダーを渡している光景を。

『大丈夫。成美ちゃんならきっと、次の企画会もうまくやれるよ。はい！　これは、成美ちゃんを支えてくれるお守り猫ね』

『わあ、可愛い猫のキーホルダー！　いただいていいんですか？』

『もちろんだよ。この子も私のお守り猫と同じように、きっと成美ちゃんのことを見守ってくれるから』

面差しははっきりとは見てとれなかった。それでも、後輩想いの素敵な女性だったということは遥にもしっかりと伝わった。

「私、実際にお会いしたことはありませんが、わかるんです。この傷をつけたのは、成美さんの先輩ではないということ。その先輩もきっと、成美さんのことが大好きだったんだということも」

気づけば差し伸べていた手が、成美の手をそっと包み込んでいた。

「だから、どうか気に病まないでください。きっと先輩も、成美さんのそんな表情を望んでいませんよ」

「っ……」

ぐっと口を結んだ成美が、目元を擦りながら何度も首を縦に振る。

そんな二人の様子を、雅は穏やかな眼差しで見守っていた。

カフェレストランをあとにした遥たちは、環状線の駅まで成美を見送った。

彼女の話では、切り裂き被害の現場は駅前広場と決まっているらしく、駅に入ることができればこれ以上の被害は心配ないそうだ。

その後、遥は雅とともに線路沿いの遊歩道を歩いていく。涼しく肌を撫でる夜風に、遥はふーっと長い息を吐いた。

「雅さん、今日は本当にありがとうございました。雅さんがいなかったら私、きっとわたわた慌てふためいているだけでした」

「そんなことないよ。俺は時々口を挟んでいただけで、成美さんの心を落ち着けたのも、辛い想いを吐き出すきっかけを作れたのも、全部遥ちゃんだからね」

隣を歩く雅が、優しい笑みを向けてくれる。

そんな表情を向けられるたびに、自分が少しでも誰かの力になれた気がして、胸がくすぐったくなった。

「それはそうと雅さん、今日はどうしてあの駅前広場にいらっしゃったんですか？　何か別に用事が？」

「んー。実はちょうど、あの駅前広場に関わる依頼があってね。偵察もかねてさっそく向かったわけだけど、一足遅かったみたいだ」

そう言うと雅は歩みを止め、遥の肩に手を添えた。

「ごめんね。俺がもっと早く駆けつけていれば、こんな傷も負わせずに済んだのに」

「い、いいえそんな。もう痛みもないくらい、小さな小さな傷なので……！」

負傷した肩を覆うように、遥には今もなお雅の上着が掛けられている。

確かにブラウスが少し破けはしたが、ぱっと見ただけではほとんど気にならない。それでもいいからと、雅は上着のレンタル継続を頑として譲らなかった。

「でも、約束したからさ。命を懸けても君を守るって」

真っ直ぐな眼差しで告げられたのは、これまでも幾度となく告げられてきた約束の言葉だった。

「今回のは完全に俺の落ち度だ。遥ちゃんはもともと感受性の高い子なんだから、こういうことも当然予想するべきだったのに」

「雅さんに落ち度なんてありませんよ。私が判断して、私が行動した結果です」

きっぱり言い放った遥に、雅は小さく目を見張った。

「今回のことも、むしろよかったと思っています。こんなに小さな傷一つで、成美さんを守ることができたんですから」

「……そっか。遥ちゃんは、強いんだね」

「強い、ですか？」

あまりに自分と縁遠い言葉に、思わず聞き返してしまう。疑問に目を瞬かせる遥に、雅はふっと笑みを漏らした。

「遥ちゃんはとても強いよ。他の人のためにそんなに一途に、一生懸命になれる」

「……！」

「でも、これからは自分の身体もちゃんと大事にすること。わかった？」

「は、はい。わかりました」

「ん。約束ね」

満足げな笑みを浮かべた雅は、ごく自然な動作で遥の小指と自分のそれを絡めた。

絡まった小指は遥のものよりすらりと長くて、関節がはっきり感じられて、皮膚が少し硬い。

日頃あまり考えないようにしていた雅の男性の部分を感じてしまい、じわりと頬に熱が集まっていく。

「え、え、えっと。そうですそうです。成美さんがお話ししていた、亡くなった先輩のことなんですが……！」

互いの小指が無事に離れたあと、遥は慌てて話題を戻した。

「今回の切り裂き事件が成美さんの先輩の霊の仕業なんて言われているようですが、成美さんの話を聞く限り、信じられないんです。雅さんはどう思いますか？」

「そうだね。少なくとも先輩本人は、自分がやったことじゃないって言っているしねえ」

「……」

しばし、硬直。

「人の口に戸は立てられないとは言うけれど。本当に困ったものだよねえ」

「え？　本人？　あの、本人ってことはまさか」

慌てて聞き返す遥に、雅はこくりと頷いた。

「さっきも話した、今夜俺が駅前広場に現れた理由。実は件の先輩の霊から、調査の依頼を受けたからなんだ」


翌日。本業が休みだった遥は、拝ミ座に赴いていた。

「つまり、昨夜お前が新人の勤務先近くに出向いたのも、その新規の依頼があってということだな」

「うん。そういうことだね」

居間に置かれた円卓を囲い、遥と雅、和泉の三人が座していた。

和泉は遥を「新人」と呼ぶ。そのことに最初雅は苦言を呈したが、遥は問題ないと答えた。その呼び名に悪意はなく、むしろ拝ミ座の一員として迎えられた心地がしたからだ。

遥の淹れた緑茶と並んで用意されたのは、ある依頼主からいただいたというたい焼きだ。ほかほか香ばしい生地の匂いと餡の落ち着いた甘味に包まれる中、雅がゆっくりと語り出す。

「依頼人の名前は北園梨佳子《きたぞのりかこ》さん。昨日遥ちゃんが庇った、成美さんの先輩だね。彼女がちょうど昨日の夕刻に、この拝ミ座に来てくれたんだ」

戸惑い顔の梨佳子ではあったが、自分がすでに生きていないことは理解していたらしい。

「その先輩……梨佳子さんは、どういった依頼をされたんですか」

「最初に話してくれたのは、やっぱり例の切り裂き事件のことだったよ。自分の元勤め先で心霊現象が起こっている。生前の後輩たちも被害に遭っていて、しかも犯人は自分ということになっているらしい。身に覚えのないことでどうしたらいいのかわからないって、とても困惑していた」

梨佳子も、職場に流布された噂のことは耳に入れていたのか。

ひどく傷ついたに違いない彼女を想い、遥の胸がぎゅっと苦しくなる。

「じゃあ、今回起こっている事件を解決することが、彼女の未練の解消に繋がるということですね？」

「うーん。それがどうも、それだけじゃないようでね」

雅はそう言うと、開け放たれた障子窓の奥に広がる空を仰いだ。高い空には、名のわからない鳥が気持ちよさそうに旋回している。

「彼女は何か別の、大きな未練を残して亡くなったことでここに来た。でも、問題の未練が何だったのか、どうしても思い出せないんだ」

「未練を思い出せない……ですか？」

「別に珍しいことじゃあない。自分を現世《うつしよ》に縛り付ける未練がわからないために、永らくこの地を彷徨う霊も多いからな」

いつの間にかたい焼き二つ目に突入したらしい和泉が、まぶたを伏せたまま口を開く。

そんな中でも解決の光を見いだしたい彼女は、この劇団拝ミ座まで辿り着いたということか。

「まずは俺たちで、彼女の未練の欠片を探してみよう。もちろん、切り裂き事件の調査も並行して進めるよ。なんてったって遥ちゃんが被害に遭ったんだからね」

そう言って雅が立ち上がると、窓辺に向かってぐっと大きく伸びをする。外から流れてきた初夏の風が、雅の髪を緩やかに揺らした。

いつも飄々としている彼の空気が、凜と研ぎ澄まされる。

この瞬間はいつも、やはり雅は劇団拝ミ座の長なのだなと実感するのだった。

翌々日、オフィスに出勤した遥はさっそく行動を開始した。

「遥さん！　お待たせしました」

「成美さん」

昼休憩の時間帯。

遥は三日前に切り裂き未遂を受けた成美と、再び顔を合わせていた。

幾多の会社がひしめくオフィスビルは、昼ごろになると人の出入りが急増する。二人は早々にビルをあとにすると、前回も訪れた遥行きつけのカフェレストランを訪れた。

暖色にまとめられた店内と、光量の強すぎない落ち着いた照明、挽きたてのコーヒー豆の香り。何気ない日常から生まれた胸のざわめきをそっと宥めてくれる、遥の貴重な安息地帯だ。

「このレストラン、とてもいい雰囲気ですよね。前に連れてきていただいたとき、今度また来ようなんて密かに思っていたんです」

「実はここ、穴場なんですよ。会社の人もあまり知らない、静かに食事をとりたいときにはぴったりの場所です」

ふふ、と笑みを交わし合う。

事件直後の成美はショックもあり顔色もひどく悪かったが、今はどうやら少し元気を取り戻せたようだ。

桃色がほんのり差した頬に、緩やかに巻かれた淡い栗色の髪。加えて愛嬌のある表情に、こちらまで自然と元気をもらえるような女性だ。亡くなった梨佳子が世話を焼きたくなるのもよくわかる。

オーダーしたメニューが揃い、笑顔で食事をとりはじめる。頃合いを見計らい、遥は口を開いた。

「実は、成美さんに少しお伺いしたいことがあるんです。もちろんお話しできる範囲のことでまったく構わないんですが……その、先日お話しいただいた、亡くなった先輩について」

「はい。もしかしたら、そのお話じゃないかと思っていました。あんな話を聞いてしまったら、誰だって気になってしまいますよね。遥さんを傷つけた犯人が、先輩の幽霊かもしれないだなんて」

逆に申し訳ないといったように、成美は眉を下げた。遥は慌てて首を横に振る。

「違います違います！　私、成美さんの先輩が犯人だとは、本当に思っていないんです。ただ、もしも亡くなった先輩が今回の事件を耳にしていたとしたら、きっと先輩も心を痛めているに違いないと思っています。成美さんに心から慕われていた優しい先輩なら……きっと」

「はい。そのとおりだと思います」

静かに頷く成美に、遥は小さく息を整えた。

「成美さん。以前ここに来たときにいた、もう一人の男の人のことを覚えていますか」

「もちろんです。とても格好いい方でしたよね。見たとき、芸能人かモデルの方かと思いました」

「ええっとですね。実はあの人、亡くなった人の姿を視ることができる、いわゆる霊視ができるんです」

「……えっ？」

成美は、きょとんと目を丸くする。確かに突飛な話で、驚いてしまうのも無理はない。

「今回の事件のことも、もしかしたら何かお役に立てるかもしれないと言っていました。なので可能であれば、生前の先輩のことを教えてくださると有り難い、と」

この話は亡き先輩、梨佳子のことをより詳しく知るためにと、雅自身の勧めで明かしたことだった。もともと霊視が前提の仕事であるから、周囲に知られることは特に問題ないらしい。

梨佳子の霊から依頼があった点については守秘義務があるため明かせないが、果たして成美の反応はいかがなものだろう。

内心緊張しながら返答を待っていた遥だったが、やがて何か咀嚼したように成美が顔を上げた。

「霊視ができて、長身で、モデル体型のイケメンさんですか……遥さんの恋人さん、凄まじい高スペックの持ち主ですね……」

「え？　……違います違います！　あの人は私の知人というか友人というか、ひとまず恋人なんかじゃありませんので！」

「ふふっ、そんなに焦って否定されちゃ、余計に勘ぐっちゃいますよ？」

楽しげに肩を揺らす成美に、疑念の色はなかった。

「ありがとうございます遥さん。正直、今回のことは犯人の目星も解決方法も浮かばず、本当に悔しかったんです。先輩の名誉が傷つくのを、私は黙って見ているしかできないのかと」

「成美さん」

「庇ってもらった挙げ句、こんなことを頼んでしまって本当にすみません。けれど、お願いします。どうかどうか、先輩の疑いを晴らしてください……！」

姿勢を正した成美が、深々と頭を下げる。

傍らに置かれた成美の鞄から、猫のキーホルダーの鈴がチリンと小さく鳴った。

霊体になった梨佳子は、生前の細かな記憶もところどころ薄れているらしい。

雅に告げられた「梨佳子さんのことなら、どんな些細なことでも拾い集めてきてね」という言葉のとおり、昼休憩を終えるころには、遥のメモ帳は文字で埋め尽くされていた。

「すごいねえ。こんなにたくさんの話を引き出すことができたんだ。これも遥ちゃんの人柄のおかげだね」

「ところどころ解読不能な文字があるがな」

「すみません。読めないところは、私が代読しますので……！」

終業時間を迎えた夜七時。

連絡を取り落ち合った拝ミ座の三人は、駅とは反対方向の大通りに向かって歩みを進めていた。

日が沈んだあとの夜道とはいえ、雅と和泉の二人はやはり周囲の人の目を惹いてしまうようだ。その間に挟まれている自分がどう捉えられているのかは、あえて考えないようにする。

「北園梨佳子さん。A編集プロダクション企画課第二部所属、勤続六年目。独身、恋人はなし。誕生日八月七日、血液型A型……へええ、成美さんって、梨佳子さんのことをかなり細かく知ってたんだねえ」

「はい。入社して右も左もわからないころから、昼食によく誘ってもらっていたらしくて。プライベートなお話も自然とするようになったんだそうです」

他にも、成美は梨佳子のことをよく思い出してくれた。

入社当初から仕事にのめり込み、知らずのうちに昇格していたほどの仕事好きだったこと。出掛け先でも気になったことはすぐメモ、素敵なものはすぐに写真を撮るのが癖だったこと。社内のやっかみもさらりとかわす格好いい女性だったこと。

横断歩道の信号を待ちながら、遥は手元のメモ帳に視線を落とす。

「それから梨佳子さんは、自宅マンションで猫を飼っていたみたいですね」

「へえ、猫？」

「はい。梨佳子さんの話では、白と黒のブチ猫さんだったそうです。成美さんは見たことがないそうですが、とても可愛がっていたようですよ」

その愛猫の影響からか、梨佳子の持ち物は猫の中でもブチ猫柄のものが特に増えていたらしい。

「成美さんも猫好きで、よく話が盛り上がったそうですね。梨佳子さんから仕事のお守りに贈られた猫のキーホルダーは、特に自分の飼い猫に瓜二つだと言っていたそうです。だからきっと、成美さんの力になってくれるよって」

「なるほどね」

何か納得した様子で、雅が小さく顎を擦った。その横顔に声をかけようかと思った矢先、信号が青になる。

その他にも色々と成美からのエピソードトークを報告するうちに、三人は今晩の目的の場所までやってきた。

「ここか。依頼人が転落したという歩道橋は」

「はい……そうですね」

静かに確認する和泉の言葉に、遥も小さく頷く。

そこには、通行量の多い二車線道路に大きな歩道橋が架けられていた。

左右両端に二本ずつの階段が延びている形態のもので、歩道橋を渡った向こう側に建つマンションに、梨佳子は生前住んでいたという。

そして二ヶ月前のその日、会社から帰宅していた梨佳子は、この歩道橋の上から誤って転落してしまったのだ。

「階段を踏み外す瞬間を目撃していた方もいたそうで、事故であることはまず間違いないというお話でした」

「ああ、向こう側だね。花が供えられてる」

三人が歩いてきた方向とは逆に延びる階段下には、いくつもの花がひっそりと置かれていた。中には猫をあしらったぬいぐるみも見られ、遥の胸がきゅっと苦しくなる。

「梨佳子さんは、たくさんの人から慕われていたんですね」

「うん。そうだね」

「おい新人。これを」

「ありがとうございます、和泉さん」

和泉は道中抱えていた献花を差し出し、受け取った遥はその場に屈んだ。通行人の邪魔にならない箇所に寄せ置くと、静かに手を合わせる。

私たちが必ずあなたの未練を解いてみせます。だからどうか、安心して待っていてくださいね。

まぶたを開くと、雅と和泉も同様に手を合わせている。双眼を閉ざす二人が、車のテールランプに淡く照らされていた。

「梨佳子さんの死について、恐らく事件性はないみたいだね。駅前広場の切り裂き事件のように、霊の類いが悪さをした気配も残っていない」

雅によれば、そういった事象があった場所には特有の『匂い』がするらしい。和泉も同意するように静かにまぶたを伏せた。

遥にはまったく感じ取れないものではあるが、彼らがそう言うのならば間違いないのだろう。

「とはいえ、少し気になることもあるかな」

「気になること、ですか？」

思わず聞き返した遥に、雅がこくりと頷いた。

「梨佳子さんの自宅マンションは、この歩道橋を渡った向こう側だよね。つまり梨佳子さんにとっての会社から自宅までの最短ルートは、こちらの階段じゃなく向こうの階段のはずじゃない？」

「あ……！」

確かに、雅の言うとおりだ。

今遥たちは、会社方面から歩いてきた。普通に考えれば歩道橋も遠回りすることなく、会社方面に延びる側の階段を使うだろう。

しかし、梨佳子が落下したのは逆側の階段だった。

歩道橋を上りきったタイミングでふらついてしまったのだろうか。それとも、何か理由があってこちらの階段を使った？

「こちら側に用事があるとすれば、すぐそこにあるコンビニくらいか」

言いながら和泉は、すぐそばに佇むコンビニの店舗に視線を向けた。

「確かに、会社帰りにコンビニに寄ることはよくあることですよね。亡くなる直前の梨佳子さんは、プロジェクトリーダーを務めていて本当に多忙だったようですから」

だとすれば食事を作る手間を省くためにコンビニに寄ったとしても、それ自体何ら不思議ではない。

だけど何だろう。何かもっと他に、深い意味があるような気がする。

「あの」

そのときだった。

突然何者かの声がかかり、三人は揃って後ろを振り返る。

そこには、大学生とおぼしき若い男の子が立っていた。暗めの茶髪を適度に遊ばせ、私服もどこかセンスよく着崩している。

「突然すんません。もしかしてあなたたちも、亡くなられた方のお知り合いですか」

「は、はい。まあ」

「そっかあ。いい人そうでしたもんね、あの人」

そう言うと若者は遥の隣に屈み、献花の脇にそっと何かを供えた。小さな花束とともに、地面にカコンと硬い音が鳴る。

青年の手から離れたそれに、遥は思わず目を丸くした。

「それはもしかして、缶詰ですか？」

「はい。俺、そこのコンビニのアルバイトなんすけど。亡くなった女性が、よく仕事帰りに寄っていたんすよ。この猫缶を買いに」

「猫缶？」

目をぱちくりさせる遥に、コンビニ店員の青年は頷いた。

「お客さん、食に五月蝿い猫を飼っていたみたいっすね。この缶詰って結構値が張るんすけど、これじゃなくちゃ絶対駄目って日があるらしくて。そんな日は夜でもよくこのコンビニに来ていました。亡くなったあの日も」

「そうだったんですか……」

「お兄さん、よく事情をご存じですね。もしかして、梨佳子さんとはよくお話をされていたんですか？」

遥の受け答えを引き継ぐように、雅が自然に会話へと加わる。

突然向けられた長身イケメンの微笑みに、コンビニ店員の青年は一瞬虚を衝かれたような顔をした。

「ああいや、そんな大した関係じゃあ。ただ彼女、半年くらい前に、買ったばかりの猫缶をすぐに買い直しに来たことがあったんすよね」

先ほど購入したばかりの猫缶を再びレジに置いた彼女は、照れくさそうに言ったらしい。

買ったばかりの猫缶を、歩道橋前の坂に転がり落としてしまった。こんなふうにドジばかりだから、猫にも怒られてばかりなんですよね、と。

それがきっかけで、夜の来店で顔を合わせるたびに短い会話をするようになったのだという。

そのあと、手を合わせた青年は勤務先のコンビニへと向かっていった。

「きっと梨佳子さんは……亡くなったあの晩も、猫さんのためにコンビニに行っていたんですね」

思いがけず紐解けた疑問の答えに、遥はか細く告げた。

遺された愛猫はどうなったのだろう。彼女の家族に引き取られたのだろうか。

ともに過ごしていた存在が突然いなくなり、ショックを受けるのは人間だけではないはずだ。事情をろくに把握できないまま離ればなれになってしまった梨佳子の愛猫を想い、胸が苦しくなる。

「雅さん。梨佳子さんがこの世に遺した未練は、一緒に暮らしていた猫さんに関することなんじゃないでしょうか」

「うん。確かに、その可能性はあるね。ひとまず明日、梨佳子さんの飼い猫について調べてみるよ」

「はい。よろしくお願いします、雅さん」

仕事で多忙を極めていた梨佳子は、帰宅時に愛猫の好物を購入した。きっと喜ぶ愛猫の様子を思い浮かべ階段を上っていたに違いない。

次の瞬間、誤って階段を踏み外してしまうなんて夢にも思わずに。

「となれば、駅前広場で起きていた切り裂き事件は、まったくの別件か」

和泉の鋭い指摘に、遥もはっと息を呑む。

そうだ。梨佳子の本来の未練が愛猫への想いだとすれば、切り裂き事件はまったく無関係の事件ということになる。妙にタイミングが合致しすぎているのは、ただの偶然だったのだろうか。

「別件だとしても、そちらはそちらできちんと解決しないといけないね。すでに梨佳子さんはその事件のことを知っていて、胸を痛めてる」

迷いなく言い放つ雅に、遥はこくりと頷く。

愛猫のこともそうだが、切り裂き事件のことも解決しない限り、梨佳子さんはきっと安心して空に向かえない。

とはいえ成美から聞き出した限り、切り裂き事件の犯人の手がかりはまったくと言っていいほど残っていない。だからこそ、二ヶ月前に亡くなったばかりの梨佳子が無闇に疑われたのだ。

目の前の二つの事象には、まだまだ薄ぼんやりと靄がかかっているような気がする。けれど、その靄を晴らすために、霊視もできない自分にいったい何ができるだろう。

「今日はもう遅い。そろそろ帰ろう」

「……はい」

穏やかな笑顔で雅に促され、遥は力なく頷いた。自分の無力さを痛感しながら、花を手向けた歩道橋の階段下に視線を向ける。

そこにはコンビニの青年が供えた猫缶が、行き交う車のライトできらきらと瞬いていた。

翌日。

太陽が頭上から照りつける昼食休みの頃合いに、遥は一人ある場所へと訪れていた。

時折すれ違う人の視線を背中に感じながら、手に握ったものにぎゅっと力を込める。

先ほど隣のコンビニで購入したばかりの、桃の缶詰だ。果物の中で一番好きなのでそれにした。

そして今遥が見つめるのは、長く伸びた草が風に揺れる道脇の坂だった。

坂の下にはコンクリートの溝があるらしく、ちょろちょろと流れる水の音が微かに耳に届く。

坂の斜面は急勾配で、下の側溝までは四メートルほどあった。下手に立ち入れば転がり落ちてしまいそうな坂の手前には、当然のように落下防止の柵が設置されている。

半年前、梨佳子が買ったばかりの猫缶を転がしてしまった、あの坂だ。

「無闇に立ち入るのはいけないだろうけれど。大好きな桃缶をうっかり落としてしまったのだとしたら、慌てて取りに行くのはそこまで不審ではない。……よね？」

いや駄目でしょ。もう一人の自分の声が聞こえたが、遥はあえて耳を塞いだ。

幸いこの辺りは、車通りは多いものの歩行者はさほどでもない。遥一人が道脇の坂に拾い物に入ったとしても、簡単に騒ぎにはならないだろう。

そこで誰かが落としてしまった『別の缶』を見つけたとしても、ただの偶然である。

その缶からもし、今回の依頼の手がかりになる『何か』を見ることができたのなら——。

「よし。ではさっそく」

むん、と気合いを入れた遥が、手にした桃缶を坂に向かって手放す。

草が鬱蒼と茂る坂をころころと転がり、姿を消した缶詰。その一部始終を見届けると、遥は意を決して柵を乗り越えた。

「怪我をしないように、無茶をしないように。慎重に、慎重に……！」

自分に言い聞かせるようにして、少しずつ急斜面の地面を下っていく。

時折草の表面に滑りそうになるが、どうにか堪えた。足元の警戒を怠らない。決して怪我をしない。

自分の身体もちゃんと大事にすると、あの人と約束したからだ。

「缶詰……落としたとしたら多分、この辺りかな……？」

歩道から見えうる限りでも確認したが、やはり溝の中に缶詰の姿はなかった。となると、落とした缶詰は坂斜面に広がる草の中にあるのだろう。

骨の折れる作業だが、できないことはない。

「どこだろう。猫缶、猫缶……」

「はーるーかーちゃーんー？」

「ひえええっ!?」

突如届いた自分の名を呼ぶ声に、遥は全身を大きくびくつかせた。

激しく胸を叩く心臓を感じながら、恐る恐る背後を振り返る。

柵の向こうに立つ人影は逆光のはずなのに、その微笑む顔がはっきりと見てとれた。

「こんな道の脇で会うなんて奇遇だねえ。今は会社のお昼休憩の時間かな？　ご飯はもう済ませたの？」

「は、は、はい。あのその。も、桃の缶詰をですね、この坂にうっかり落としてしまいまして……！」

「あー、いいねえ桃。俺も好きだよ。桃っていいよねえ、ついお昼にむしゃっと食べたくなっちゃうよね？」

あああああ。まずい。怒ってる。

雅さん、間違いなく怒ってる！

「……すみません！　実は、昨日コンビニの方から聞いた猫缶のことが、どうしても気になってしまったんです……！」

「だろうねえ。まさかと思ったけれど、一応立ち寄ってみて正解だったかな」

深々と下げた頭の向こうから、小さなため息の気配が届く。

目をつむり続く叱責の言葉を待っていると、坂に生え広がる草をかき分けてくる音に気づいた。

そろりと頭を上げると、いつの間にか自分の目前に雅が立っている。

「み、雅さん？」

「怪我は？　転んで足を捻ったとか、草で手足を切ったとか、妙な悪霊にちょっかい出されたとかはない？」

「あ、だ、大丈夫です。自分の身体もちゃんと大事にするって、雅さんと約束しましたから……！」

そこまで告げると、遥は改めて雅に頭を下げた。

「心配をかけてしまって、本当にすみませんでした。梨佳子さんが落とした猫缶を見つけることができれば、何か少しでも、彼女が残した想いを知ることができるんじゃないかと思ったんです」

生前の梨佳子が、愛猫のために購入していた猫缶。

それを探し出して触れることができれば、何か手掛かりになる『記憶』を読み取ることができるかもしれない。

日が経っているため確証はなかったが、可能性があるのならばどんなに小さな未練の欠片も拾い集めておきたかった。

「少しでも役に立ちたかったんです。私も、劇団拝ミ座の一員ですから」

「うん。そうだね」

優しい口調に促されるように、遥はゆっくりと顔を上げる。

しかし不意に雅の両手が伸びたかと思うと、遥の両頬をむにっと挟み込んだ。唇がまるで鳥のくちばしのように尖らされ、遥は一瞬目を丸くする。

「み、み、みやびひゃんっ？」

「でも。俺らに内緒でここに来たってことは、遥ちゃんもわかっていたんだよね？　事前に話したら、俺らに止められるんじゃないかって」

「一人でできることなら俺らの手を煩わせたくないと思ったのかもだけど、そういう遠慮は要らない。だって俺らは、仲間なんだからさ」

「……！」

う。確かに、それは否めない。

仲間。その言葉の響きに、胸がじんと熱くなる。

言葉に詰まった遥を見透かしたように、雅は包んだままの両頬を再度むにっと寄せて、笑顔を見せた。

「さてと。遥ちゃんの昼食時間も確保しなくちゃだし。二人でさくっと猫缶を探し出すとしましょうか」

「……はい！」

大きく頷いた遥は、再び草むらをかき分けながら捜索を進めていく。

立ち入ってみてわかったが、斜面の草は想像以上に背が高い。しっかり根元からかき分けなければ、地面に落ちた缶詰も見落としてしまう。一歩踏み出すたびに、両腕の力を目一杯に込めた。

「あ。もしかしてこれかな。ついさっき遥ちゃんが転がした、桃の缶詰」

「そ、そうですそうです！　でも、肝心の猫缶がどこにも……、あれ？」

感じ取れたのは、足元の小さな衝撃だった。

石じゃない。今の跳ね返りのいい感触は、もしかして。

「雅さん、ありました！　私の足先に今……、きゃっ！」

慌てて身を屈めようとした、そのときだった。

水を含んでいたらしい地面が大きくずれ、遥の身体がぐらりと傾く。

妙な浮遊感に、遥は反射的にまぶたを閉じた。

「遥ちゃん！」

耳をつんざくような声。

次の瞬間、よろめいた身体がぐっと大きな力で留められた気がした。

優しい温もりに包まれるのを感じ、恐る恐る目を開く。

「ふう……、本当、遥ちゃんは危なっかしいなあ」

「っ、あ……」

雅の端整な顔が、今までにないほどに近い。

ふと頬をかすめた茶髪の癖毛がくすぐったくて、呆然とする遥の意識を徐々に覚醒させていく。

危うく坂を転がりかけた遥の身体は、雅の片腕によってなんとか抱き留められていた。

「あ、ご、ごめんなさ……も、大丈夫です……！」

「駄目駄目、ちょっと待ってね。ちゃんと足場を確認しなくちゃ」

腕に抱き込んだ遥に代わって、雅は周辺の地面の状況をチェックする。その間、遥はいよいよ雅の胸元に閉じ込められるような体勢になっていた。

鼻先に、雅の服が軽くこすれる。

包まれた温もりはとても優しくて、胸がぎゅうっと甘く締めつけられるのがわかった。

「はい。ゆっくり足をついて」

「はい……」

言われたとおり、ゆっくり慎重に足を着地させる。何度かぐ、ぐ、と横滑りの確認をしたあと、遥は細長い息をついた。

「大丈夫だった？　痛いところはない？」

「はい。雅さんのおかげで平気です。お手を煩わせてしまって、本当にすみません……！」

情けなさと恥ずかしさから顔を上げられずにいると、頭に大きな手のひらが触れた。

「俺は遥ちゃんを守っただけ。手を煩わされてなんていないよ」

「雅さん……」

「むしろ遥ちゃんが頑張ったおかげで、ほら」

足元を指さす雅に、遥も視線を下げる。

そこには、遥と雅の靴に挟まれるようにして手のひらサイズの缶詰が佇んでいた。

ラベルに猫のプリントもされている。間違いない。半年前に梨佳子が落としてしまった猫缶だ。

「よかった……やっと見つけられましたね！」

「あ。遥ちゃん待って、ストップ」

嬉々として拾おうとした遥よりも先に、雅は転がっていた猫缶をひょいと拾い上げた。

「この猫缶に残る梨佳子さんの想いがどんなものかはわからない。だからこそ無闇に触れて、強い想いに当てられたりしたら大変だからね」

「あ……」

確かに雅の言うとおりだ。下手をすると、以前キーホルダーを拾ったときのように意識が遠のくことも十分あり得る。

慌てて礼を告げようとした矢先、自分の手が雅のそれに包まれたのがわかった。

「み、雅さん……？」

「念のために、こうして手を繋いでおこう。万一遥ちゃんが倒れそうになっても、またすぐに俺が支えられるように」

「あ……、そ、そうですねっ」

柔らかく微笑む雅に、じわりと胸が温かくなる。遥のことをよく見て、よく考え、あるいは遥自身よりも心配してくれている。

その一途な優しさを、何故こんなにも自分へ向けてくれるのだろう。

「はい、遥ちゃん。今度こそ、安心してどうぞ」

「ありがとうございます。雅さん」

気持ちを引き締め、静かに息を整える。心が穏やかになったのを確認して、遥はそっと雅の持つ猫缶に手を伸ばした。

次の瞬間、指先からほんのりと温かな記憶の欠片が流れ込んでくる。

この風景は、自宅マンションの一室だろうか。

猫缶を手にしていたとき、梨佳子は穏やかな自宅でのひと時に想いを馳せていたのかもしれない。多忙な日々の中の癒やしだったであろう、愛猫との日常風景を。

以前の猫のキーホルダーからは明確に見ることができなかった梨佳子の面立ちも、今回はっきりと浮かんでくる。

もちろん、その傍らに佇んでいる愛猫の姿も――。

「え？」

猫缶に宿された想いを受け取った遥は、短く呟くと目を丸く見開いた。

ぱちぱち、と幾度か瞬きをしたあと、こちらを見つめる雅と視線を交わす。

「遥ちゃん？」

「……二十代後半らしい女性と、一匹の猫が見えました。女性はミディアムヘアの黒髪で、少し垂れ目の柔らかい印象の人でした。服装はグレーのパンツスーツで、赤茶色のレザーバッグを抱えていたと思います」

「うん。梨佳子さんで間違いないね」

雅が依頼人として「視て」きた女性と特徴が同じらしい。

しかし、遥が虚を衝かれた理由は、梨佳子についてではなかった。

「それから……一緒に暮らしていた猫さんは、話のとおり白黒のブチ猫でした。毛艶がよくて、よくお世話されていたようです。ただ」

戸惑いをはらんだ言葉が、一度途切れる。

でも間違いない。今自分に流れ込んできた映像には、はっきりとそれが映っていた。

「猫さんは、出社する梨佳子さんを窓辺から見送っているところでした。そのふわふわと揺れる長い尻尾が――二本、生えていたんです」

◇◇◇

梨佳子と出逢ったのは一年前の春だった。

礼儀作法をわきまえないちっぽけな悪霊のいざこざに巻き込まれ、自分は不覚にも手傷を負った。大きな問題ではない。舐めておけばじきに治る。

そんな自分をめざとく発見したばかりか、お節介にも世話を買って出たのが北園梨佳子というおなごだった。

梨佳子はどうやら昔から「視る目」を持つ者だったらしい。自分の姿形を目にしても、特段驚いた素振りを見せることはなかった。

梨佳子はいつも時間に追われていた。

朝早く起き、素早く準備を整え、出社し、帰宅し、ベッドに倒れ込む。自分が家に棲みついてからは、この身体を心ゆくまで撫で回すことも不本意ながら習慣に加えられていた。

ずっと夢見ていたプロジェクトが決まったのだと、ある日梨佳子は言った。

心底どうでもよかったが、手に持つ電子機器に表示されたおなごの集団を、何とも嬉しそうに見せつけてくる。これから、ともにプロジェクトとやらを進める仲間らしい。

しかしそのプロジェクトというものが始まって以降、梨佳子はさらに多忙を極めていた。夜遅くまで自宅で電子機器を叩く日々が続き、梨佳子の目元にはおどろおどろしいくまが見られた。なんでも、メンバーの仕事を梨佳子がこうして補っているらしい。

どうしてだ。メンバーとは仲間のはずだろう。どうして、梨佳子が一人で苦しんでいる。

そんな様子を見かねて、自分から梨佳子にすり寄ってみた。

梨佳子ははっと息を呑んだあと、みゃうと小さく鳴いた自分を胸の中に抱きしめた。その肩は小さく震えていた。

『大丈夫。このプロジェクトの山は、明日にちゃんと越えられるから』

『そうだ。明日は大好物の猫缶を買って帰るね。いつも見守ってくれている感謝の印に』

別に見守ったつもりはない。ただいたずらに外をうろつくよりも、雨風しのげる場所のほうが居心地がよかった。

それだけの、はずだった。

そろそろ、頃合いか。

電車の光が行き交う、線路沿いの一角。夜分にもかかわらずここは特にチカチカと街灯が眩しく、何度目かわからず顔をしかめる。

しかし、それも今回で終わりだ。あの電子機器に映っていたおなごたちの全員に、罰を与えるのも。

前回は妙な邪魔が入ってしまった。

そのときすぐに居合わせた男もまた、実に奇怪な空気をまとっていたが、どうやら自分の気配までは察しきれなかったらしい。昔から猫は忍び足が得意なのだ。

慌ただしく行き交う人間の足を難なくすり抜け、とある建物の前に立つ。

梨佳子が勤めていた会社の入るビルだ。どこまで続いているのかわからぬほどに背が高い。見上げるたびにいつも首が痛くなる。

ふん、と鼻を鳴らし、前回と同様、脇に植えられた苗木の一つに身を潜める。あとは獲物が来るのを待てばいい。

前回は突発的に別人に傷を負わせることになったが、今度は間違いなく当人に始末をつけさせる。

そのとき、ビルのドアにおなごの姿が薄く映り、自動で開いた。

「……、な、に……？」

久方ぶりに口からこぼれた声だった。

姿を見せたおなごは、亡くなったはずの梨佳子だった。

そんなわけはない。そんなわけはない。

幾度となく繰り返しながらも、追いかける足を止めることができなかった。

目の前を進んでいくおなごを食い入るように見つめる。似ている。姿形も、歩き方も、鞄の持ち方もだ。

そんなわけはない。梨佳子は死んだ。ならば、目の前のあれはいったい何だ。

すぐに飛びついて、爪を立てて、正体を暴けばいい。しかしどういうわけか、その覚悟が先ほどから一向に決まらない。

気づけばおなごは見慣れた自宅マンション前の通りまで進み、件の歩道橋に足を掛けた。

「っと。いけないいけない」

小さな独り言だったが、その声色は確かに耳に届いた。

懐かしい声だ。柔らかくて、どこか凛とした、温かい声。

階段に掛けていた足を降ろし、人物は足早に近くの小規模な店舗に入っていく。

目的は、すぐにわかった。

「わらわの、好物を買うために……？」

「うん。そうだね」

ごく自然に打たれた相づちに、はっと大きく息を呑む。

毛を逆立てながら振り返った先には、闇夜に溶け込むように一人の男が立っていた。

肩に掛けた紺色の羽織が、夜風にふわりとはためく。

中には灰色の着物をまとい、羽織に施された金糸の刺繍がきらきらと瞬いていた。明るい茶色に染められた髪は、控えめな半月の光にもかかわらず透き通るように美しい。

まるで死神のような男だ、と思った。

「あの日の彼女もそうだった。君の好物の猫缶を購入するために、彼女は帰宅直前にあのコンビニに向かったんだ」

「何者だ。貴様は」

「ああほら。もうすぐ彼女が出てくるよ」

朗らかに笑う男が指を指す。

確かに、先ほどと同じ出で立ちのおなごが店舗をあとにするところだった。店舗の光に照らされて、面差しがはっきり映る。

梨佳子だ。間違いない。間違えるはずがない。

白いビニル袋に収まったものを確認しながら、梨佳子は今度こそ歩道橋の階段を上っていく。嬉しそうに笑みを浮かべてはいるが、その足取りはどこかふらふらと危うげだった。

ああ、そうだ。あの夜も、梨佳子はこちら側の階段を上っていた。

「っ、あ……！」

そして頂上まで上りきったと思った瞬間、身体が大きく傾いて——そのまま。

「梨佳子！」

◇◇◇

「ああ……そっか。そうだった」

頭の中の霧が晴れた気がした。

視線の先に広がる星空は、まるで夢のように美しい。

「ここで階段を踏み外して……私、死んじゃったんだね」

「……」

「大好物の猫缶を買って帰るって、約束したのにね」

「……」

「ごめんね。ごめんなさい、ぶーちゃん……っ」

語尾が震える謝罪の言葉に、梨佳子を支える相手は黙ったままだった。それでも、梨佳子は繰り返し謝り続ける。

階段を踏み外し落下しかけた彼女の身体は、突如訪れた柔らかな温もりに救われた。

いつも膝の上に乗せていたときとは桁違いに大きくなった、白黒のブチ猫だ。

歩道橋の階段の幅を窮屈そうにはみ出した状態で、無言のままその場に居座っている。

梨佳子の落下を今度こそ阻止するために、巨大に変化《へんげ》したその身体でクッションになっていたのだ。

あやかしの証しである、二股に分かれた尻尾を揺らしながら。

「ぶーちゃんは、私の無念を晴らそうとして、みんなを襲っていたんでしょう」

猫又の頬にそっと手を寄せると、大きくなった三角耳がぴくりと震える。

生前はこんなふうに撫でさせてくれることも稀だった。梨佳子が心底疲れているときや落ち込んでいるときにだけ、すべてを察したようにそっと身を寄せに来てくれた。

いつも何かに不満を持っているような、ふてくされた表情。その心の奥にある不器用な優しさに、誰よりも救われていたのは梨佳子だ。

「私が仕事で本当に疲れていたのを知っていたから。同じ仕事のメンバーのせいで、私が死んでしまったと思ったんでしょう」

「……」

「でも違うよ。あのメンバーはみんな、一人一人精一杯プロジェクトを頑張っていたの。私がここで階段を踏み外したことと、彼女たちは何も関係ないんだよ」

「聞きとうない」

猫又が、初めて梨佳子と交わした会話だった。

「そんな話など、聞きとうない。おおかた、前もってそこの術者の男と話を合わせたのであろう。本当は会社の人間に追い詰められていたのに、わらわを鎮めるために適当な嘘をついているのであろう」

「違う。違うよ。私、ぶーちゃんに嘘なんて一つも」

「でも約束は違えた」

絞り出すような声色に、梨佳子がはっと目を見開く。

「あの日の夜、お主は言っていた。明日で仕事の山は越えられる予定だから、好物の猫缶を買って帰るねと。ここまで頑張れたのはわらわのおかげだからと。わらわに……名をつけた、ときだって……」

「っ……」

「なのになんで！　わらわはお主を待っていた！　それなのに……どうしてだ！」

「ぶーちゃん！」

梨佳子の伸ばした手が、猫又の首元をぎゅうっと抱き寄せる。

次の瞬間、人間の数倍はあろうという巨体は、煙のように消えてなくなった。

残ったのは梨佳子の膝に乗るほどの大きさになった、小さな二股尻尾のブチ猫だ。

その身体を両腕で優しく包み込むようにして、梨佳子は頭を垂れていた。

「ごめんね。私、ぶーちゃんを拾ったときに約束したのにね。もう寂しくないよって、これからはずっと一緒だよって」

梨佳子の言葉にブチ猫はぎっと非難する目で見上げる。その懐かしい眼差しに、梨佳子は思わず笑みを浮かべた。

「ぶーちゃんを拾ったときね。本当に寂しかったのは私のほうだったんだ。仕事は大好きだったし可愛い後輩たちもいたけれど……時々すごく孤独だった。だからその想いを紛らわせたくて、ますます仕事を頑張って、身体を壊しかけたりして」

「……」

「ぶーちゃんに出逢ってから私、変われたの。この仕事を頑張ってぶーちゃんのおもちゃを買おうとか、早く帰ればぶーちゃんと一緒に過ごせるとか。ぶーちゃんの存在が私の毎日に彩りをくれた。ぶーちゃんのおかげで私、すごく幸せだった」

「……当然であろう。他でもないわらわが、そばにいたのだから」

不遜な態度で告げるブチ猫に、梨佳子の目が細められる。その目尻に、温かな涙がじわりと滲んだ。

「お主がいなくなってから、わらわはまた野良に逆戻りだ。お主が妙な食料を与え続けたおかげで、わらわの舌はすっかり肥えてしまったぞ。どうしてくれる」

「ふふ。最初に逢ったときのぶーちゃんは、どんな餌も全然口をつけてくれなかったよね」

そう言って、梨佳子は懐から何かをそっと取り出した。

一瞬月明かりに反射したそれに、ブチ猫は目を見開く。

「今さっき、コンビニの店員さんに言われたんだ。この猫缶を買うときの私、いつもとても幸せそうだったって」

「幸せそう？」

「だってこれは、初めてぶーちゃんが口にしてくれた、思い出の猫缶だから」

梨佳子は慣れた手つきで猫缶の封を開けると、自分の手のひらに四半分を乗せた。

「約束どおり、もう一度だけ、ぶーちゃんがこの猫缶を食べる姿を見たかった。それが私の残した未練なの」

「随分と安い未練だ」

「そんなことないよ。大切な家族との食事の時間だもの」

「梨佳子……」

ぐ、と猫又の眉間に力が入る。

ふてぶてしい態度の仮面を被ったまま、ブチ猫は向けられた餌にそっと舌を伸ばした。

彼が初めてこの餌に口をつけたときの光景が、梨佳子の脳裏に蘇る。

温かな幸福の色彩が、胸の中でふわりと花を咲かせるような心地。

「赤の他人」から「一人と一匹」になることを許された――初めて心を開いてもらえたと感じた、あの日のことを。

「……しょっぱい」

「え」

「しょっぱいぞ。何だこれは。いつもと味が違う」

「そ、そうかな？　でも、いつもと同じ猫缶のはず……」

そこまで話した梨佳子は、続く言葉を呑み込んだ。

ぺろぺろと丁寧に餌を食すブチ猫は、頑なに顔を上げようとしない。

「まったく。最後の食事も満足に出せないとは。お主は本当に半人前だな」

「……うん。本当、そうだね」

「本当に……お主という奴は……」

猫缶を空にしたあとも、ブチ猫は差し出された手のひらに静かに寄り添っていた。

時折そっと撫でつける手の温もりを忘れぬよう、いつまでも胸の深いところに刻みつけているようだった。

◇◇◇

「お疲れさま。次の職場でも頑張ってね」

「はい。ありがとうございます」

深く一礼したあと、遥は人事部をあとにする。

今日は、遥の勤務最終日だった。

一昨日行われた所属部署での送別会も、とても嬉しかった。たくさんの心温かな人たちに恵まれていたことも、改めて実感した。

けれどこれは、自分自身で選んだ新しい道だ。

もうこのビルにも来ることはないだろうと思いながら、遥は玄関ホールの中央でくるりと辺りを見回した。

長年の感謝を込めて、静かに頭を下げる。そしてふと目に留まった鞄の外ポケットに、遥は手を伸ばした。

取り出したのは、今日の昼休みに成美がわざわざ渡しにきてくれた感謝の手紙だ。

「成美さんも元気が戻ってきたみたいで……本当によかった」

実は今回の事件が解決した翌日、遥は成美に、亡き先輩が残した言づてのメモを渡していた。

言づての内容を遥は知らない。それでも、それを目にした成美の温かな涙を見ることができた。それだけで十分だった。

「小清水さん！」

「え？」

考えにふけっていた遥を呼び起こしたのは、ホール内に響いた男性の声だった。

振り返ると、営業課時代に教育係として関わった後輩社員がエレベーターホールから姿を見せていた。

「お疲れさま。大沢《おおさわ》くんももう上がりなの？」

「はい。えっと、小清水さん、今日で出勤も最後なんですよね」

「うん。今まで大沢くんにも本当にお世話になったね。ありがとう」

「いえ、むしろ俺のほうこそ、新人時代から小清水さんには本当に優しくしてもらいましたから……」

話しながら、語尾が徐々に小さくなっていく。

いつもとどこか違う様子に首を傾げると、後輩の彼はぱっと顔を上げた。

「あ、あの！　小清水さんが会社を辞めるのは、寿退社じゃなくて転職だっていうのは本当ですか？」

「はは。寿退社なんて、そんな要素はまったくないよ」

「……そっか。よかった」

手を横に振り答える遥に、後輩は何故かほっとした顔をする。

そのとき、背後の自動ドアが機械的に開く音がした。

「えっと、突然すぎて驚かれるんじゃないかと思うんですけれど。実は俺、本当はずっと、小清水さんのことが……！」

「遥ちゃん。お疲れさま」

「えっ？」

緊迫した空気に投げかけられた、朗らかな声。

後輩の彼と揃って視線を向けた先には、悠然とこちらへ歩みを寄せる雅がいた。

「み、雅さん。どうしてここに？」

「遥ちゃん、今日は出社最終日でしょ。せっかくの門出の日だから、慰労も込めて家まで送っていきたいなあって思ってね」

にこにこ微笑みを浮かべた雅が、断る間もなく遥の鞄を手に取る。

謎のイケメンの登場に呆気に取られた後輩だったが、我に返ったように口を開いた。

「小清水さん。この方はひょっとして、小清水さんの彼氏さん……？」

「いやいや、そんなわけないよ。この人は次の職場の関係でお世話になっている人でね」

「でも、前に小清水さんにウエディングドレスを持って迫っていたっていう男に、特徴がよく似ているような……」

「ありゃ。俺のことそんなに噂になってたんだ。迷惑掛けてごめんね、遥ちゃん」

「み、雅さん！」

ウエディングドレスの件は、一週間とぼけきることでどうにかほとぼりが冷めたというのに。慌てて服の裾を引いた遥に、雅はどこか嬉しそうな顔をする。

そんな二人の様子をしばらく眺めた後輩は、乾いた笑みを浮かべた。

「どうやら、勝負に出るには遅すぎたみたいですね」

「うん。でも心配しないで。彼女は必ず、俺が守ってみせるから」

「うわあ。そんな言葉もさらっと言っちゃうイケメンとか、ズルすぎません？」

何やら自分抜きで進んでいる会話に、遥は再び首を傾げる。そんな遥に向き直った後輩は、深く頭を下げた。

「小清水さん、今まで本当にお世話になりました！　次の職場でも、無理だけはしないで頑張ってくださいね」

「ありがとう。大沢くんも元気でね」

「はい！」

快活な返事をしたあと、後輩は先に自動ドアをくぐりビルをあとにした。残された遥と雅は、無言でその背中を見送る。

「さてと。俺たちも帰ろうか。遥ちゃん」

「はい」

鞄を肩に掛けた雅に促され、遥も家路につく。

ビルを出ると無数の街灯が辺りを照らし、星の瞬きも薄まるほどだった。

「この広場からこうして星を見ることも、もうきっとないんでしょうね」

「寂しい？」

「少しだけ。でも、後悔はしていません」

たくさんの人たちとの絆が生まれた空間。別離には当然寂しさも浮かぶが、その先には新たな未来が待っている。

「これからは、劇団拝ミ座のお仕事に全力を注ぎますから。そう考えると、今からわくわくします」

「ん。そう言ってもらえて、俺も嬉しい」

ふわりと微笑んだ雅に、遥も照れくささを覚えながらはにかむ。

以前は隣を歩くことすら躊躇われた麗しの男性も、今はこうして隣に並ぶことがとても自然になっていた。

「そういえば、今回の切り裂き事件の犯人の猫又のことだけれど、しばらくは反省と贖罪のためにしかるべきところに送られることになったよ。ちゃんとやるべきことを終えれば、またこの街に戻ってこられるって」

「わあ、よかった。そのときはまた、ぶーちゃんさんにも会えるかもしれませんね」

梨佳子との時間を過ごしたあと、猫又は大人しく雅たちの説得を聞き入れた。

今回の被害と事情を踏まえた上で今後の処置を考えると聞いていたので、遥はほっと胸を撫で下ろす。

「今回の件、和泉のほうはブーブー文句を垂れていたけどね。今回色々用意していたことも、結果として必要なくなったわけだから」

「和泉さんは衣装の準備以外に、マンションの一室の手配もしてくれていたんですもんね。無理もないです」

遥が梨佳子に身体を明け渡し、生前の未練を解いたあの夜。

梨佳子と猫又の二人のひと時をどの場所でも過ごせるようにと、実は様々な準備がされていた。

彼女が生前住んでいた自宅マンションも、どう手を回したのか同じマンションの別室を急遽用意していたらしい。遥が猫缶から見ることができた内装も、可能な限り再現させていた。

最終的に二人が語らったのは終始歩道橋の上だったが、それでも最期の梨佳子はとても幸せそうだったという。

「今回の事件が解決できたのも、遥ちゃんが梨佳子さんと向き合って、受け容れてくれたおかげだね」

「そんな。私はただ信頼していただけですから。梨佳子さんの誠実な人柄と、雅さんとの約束を」

遥の言葉に、雅は目を瞬かせる。

あの夜、遥の身体を借りた梨佳子は、生前と同様に歩道橋の階段で足を踏み外した。

そのことをある程度予想していた雅は遥にも話を共有し、いつもの笑顔で付け加えた。

でも大丈夫。俺が必ず君を守るから、と。

「まあそれも結局、あの猫又が先にクッションになってくれたんだけどね。実は雅サンも、頑張って階段下まで駆けつけたんだけどなあ」

「それでも私は、雅さんの言葉があったから、安心して梨佳子さんに身体を貸し出すことができたんですよ」

初めての依頼のときから繰り返されている、雅の真っ直ぐな約束の言葉。

その言葉が、階段から落ちてしまうかもしれない可能性に躊躇する心を、力強く支えてくれた。

「ありがとうございます雅さん。あなたのおかげで今回も、無事に梨佳子さんを空へ送ることができました」

「……」

「雅さん？」

「……もしかしたら似ているかも、なんて、安直だったかな」

「え？」

「遥ちゃんは、本当に優しい子だね」

遥の小さな問いかけは、日だまりのような雅の笑顔に溶けていった。

その人柄はどこか掴みどころがなくて、それでも心の中には、強くて揺るぎない一本の芯がある。

だからこそたくさんの人が、彼に惹かれるのだろうと思った。

「雅さん」

小さく深呼吸したあと、遥は歩みを止めて雅を真っ直ぐ見つめた。

「これからは正式な劇団拝ミ座のメンバーとして、目一杯頑張ります。未熟者ですが、どうぞよろしくお願いします」

「うん。こちらこそ、どうぞ末永くよろしくね」

「ふふ、はい！」

同時に頭を下げた二人は、互いに微笑み合う。

嬉しそうに細められた雅の瞳の中に、きらきらと美しく瞬く星屑を見た心地がした。

# 第三幕　真夏の牡丹に大輪の花束を添えて

快適に外を歩ける気候は過ぎ去り、季節は太陽がじりじりと地面を照りつける夏。

もともと日本家屋の様相をまとった劇団拝ミ座の建物は、朝から風がよく通るようにすべてのふすまが開け放たれていた。

「雅さん！　いくら暑いからといって、そんな格好で歩き回らないでくださいとあれほど言いましたよね……！」

そんな一室で、小刻みに震えた大声が今日も響く。

声の主である遥は必死に訴えながらも、視線は完全にあさってのほうを向いていた。

理由は、叱責の対象が上半身を晒したままけたけたと笑っているからだ。

「ごめんごめん。そろそろ着替えようかなあと思ってたところに、遥ちゃんが現れたものだから」

「もう！　私はいつもこの時間に通勤しますからねって、何度も何度も言ってるじゃありませんか……！」

呑気な返事を残し居間をあとにする雅に、遥はふーっと長い息を吐く。

御護守雅という人物。転職先として一ヶ月前から勤めはじめた、劇団拝ミ座の雇い主。

以前から薄々感じていたことではあったが、彼の日常生活はどうも、ふわふわと浮き草じみていた。

依頼人を前にした雅は、質の良い和装に落ち着いた口調と人柄で、完璧な信頼を築き上げている。

ところが仕事から離れた途端、何もかもが風の吹くまま気の赴くまま。起きる時間も食べる時間も眠る時間もまちまちで、呆気に取られることばかりだった。

「さてと。私も急いで、朝の支度をしなくちゃ」

自らの両頬をぺちんと叩き、遥は屋敷内をあちこち動き回る。

予定の来客をカレンダーで確認したあとは、部屋の掃除、食料や備品の確認。お茶用のお湯をポットにセットしていると、ようやく身支度を整えた雅が姿を見せる。

そこに立つ彼はすでに、劇団拝ミ座の団長の顔をしていた。

「相変わらず遥ちゃんは朝の支度の手際がいいなあ。まるで魔法使いみたいだね」

「雅さんの変貌ぶりのほうがよっぽど魔法使いみたいですよ……。お茶、飲みますか？」

「ありがとう。いただきます」

円卓の席に着いた雅が、無駄のない所作でお茶を含む。そんな仕草の一つ一つまでもがとても優雅だ。日常との落差は激しいものの、恐らく雅は由緒正しい家の出の人なのではないか、と遥は密かに思っていた。

「遥ちゃんも、すっかりここの仕事に慣れてくれたみたいだね」

「雅さんたちが色々とフォローしてくれているおかげです。それに、当日の私がやるべき仕事は、ただ心を落ち着けて、身を任せるだけですから」

遥の仕事は、この世に未練を残して彷徨う亡き存在に、身体を貸し出すことだ。

とても特殊な仕事ではあるが、今のところ差し出した霊に身体を悪用されるなどの被害はない。そのため、気づけば依頼人の未練のひと時は過ぎ去り、布団の中で目が覚めるのが常となっていた。

その特異な感覚は今でも少し困惑するし、きちんと役目を果たせているのかと不安になることもある。

「不安に思うのは当然だよね。でも大丈夫。遥ちゃんの身体を借りた依頼人たちはいつも、すごく満たされた顔で空に発っていくから」

雅の穏やかな微笑みに、遥も笑顔で頷く。

亡き者の声を聞き、霊を遥へ憑依させる雅と、その霊を受け容れる遥。少し奇妙な信頼関係で結ばれた二人は、穏やかな空気のなかお茶を飲み終えた。

「あれ？　そういえば、和泉さんはまだ出勤されていないんですか？」

「和泉なら次の仕事の衣装を仕上げたいって言って、昨日の夜からずっと作業部屋で缶詰になってるよ」

「それって水分補給も空気の入れ換えも絶対忘れていますよね!?　ちょ、和泉さーん！」

熱中症待ったなしの状況に気づき、遥は慌てて作業部屋へ駆け出す。そんな遥に雅は面白そうに肩を揺らし、和泉は想像どおりのひどい顔色で遥を出迎えた。

自分がいない間、この人たちはいったいどんな生活を送ってきたのだろう。

劇団拝ミ座として不可欠な能力を持つが、生活力がまるでない二人を前に、今日も遥はがくりと肩を落とした。

本日の予定は、午前十一時より。

閑静な住宅街を進んでいくなか、遥の歩みは少しぎこちなかった。

今遥がまとっているものは、先日完成したばかりという着物だ。

和泉いわく訪問着として使うらしいそれは薄水色を基調としており、細かな白の花の刺繡が裾から広がるように施されている。

着物に袖を通すのは成人式以来だ。遥は着ること自体に恐縮しきりだったが、「拝ミ座の正装は本来和装だ」と言う和泉に押し切られた。

確かに、雅と和泉の二人は、来客の予定があるときは決まって和装に身を包んでいる。特に未練のひと時を再現する日の雅は、たとえ下の服が洋装であっても決まって紺色の羽織を肩に掛けていた。

かくして慣れない着物をまとうこととなった遥だったが、その着心地は想像以上によく、真夏の気候もかえって涼しく感じるほどだった。

きっと使用する素材も細かく選定してくれたのだろう。さすが劇団拝ミ座の衣装関係を一手に引き受ける、和泉の仕立てた着物だ。

というわけで無事正装に身を包んだ三人は、先日劇団拝ミ座の建物内で相談を受けた依頼人のもとへと向かっていた。

「今から行く訪問先は、正確には依頼人本人の自宅じゃないんだけどね。元は依頼人の祖父母の自宅で、今は相続した伯父さんが一人で暮らしてるんだって」

「伯父さんの家を話し合いの場に選んだということは、今回の依頼内容はその家に関係があるんでしょうか」

「さすが遥ちゃん、察しが良いね。依頼人は東堂辰男《とうどうたつお》さん、三十二歳。結婚して今は近隣のマンション暮らし。親族の中でも伯父との交流が特に深いみたい」

そんな伯父が、半年前に病を患った。

命に別状こそないものの、年齢も考慮すると大きな屋敷に一人暮らしを続けるのは徐々に辛くなっていく。

伯父を含めた親族で話し合った結果、今の屋敷や土地を売却し、伯父は辰男と同じマンションの空き部屋へ越すのはどうかと話がまとまったのだ。

「ところが、ここで一つ問題が浮上した」

「奴《やっこ》さんのご登場ってわけか」

隣をぼんやりと歩いていた和泉が、こともなげに口を開く。徹夜作業による強い睡魔と闘っているらしく、同時に短いあくびも漏れ出た。

「そういうこと。売却手続きのため不動産業者に屋敷内を見てもらったときに、担当者がことごとく謎の人影を見ているんだって。本来いないはずの、少女の影をね」

「少女の影……」

「繰り返し現れるその影が幽霊なのか何なのか、そうだとしたらこれからどうするべきか。辰男さんはそれを相談しに劇団拝ミ座にやってきたんだよ」

屋敷に現れる少女の影。彼女が幽霊だとすればいったい何者で、どんな想いを抱えているのだろう。

「というわけで、今回はさっそく問題の屋敷に赴こうとなったわけだね。もし今日の一回の訪問で解決できればそれに越したことはないけれど、どうかなあ」

「仮に土地や建物に憑いた霊となれば、そう簡単にいくとも思えねえがな」

「そうなんですか？」

和泉の言葉に、遥はぱっと顔を上げた。

「地縛霊って言葉を聞いたことがあるだろう。身体をなくした霊体は不安定な存在だからこそ、本来あるべき空に向かう者がほとんどだ。それがこの世にあるもの——今回で言えば土地や屋敷だな。そういった現存する媒体に執着すると、途端に霊としての存在を安定させる者がいる。そこから無理矢理に切り離そうとしても、苦労することが多い」

「なるほど、なんとなく理解できました」

真面目な顔で頷いた遥に、和泉は無言でまぶたを閉じる。

そんな二人の前をいく雅は、「ここだね」と歩みを止めた。

「さてさて。ここからは『相手側』のテリトリーだよ。二人とも、気を引き締めてね」

物騒な発言とは裏腹に甘いウインクを飛ばす雅に、遥は苦笑し、和泉はため息を吐いた。


辿り着いた先は、想像以上に大きな邸宅だった。

平屋建ての劇団拝ミ座の屋敷よりも一回りも二回りも大きく、ふすまの向こうには手入れの行き届いた和庭園が広がっている。居間にはヒマワリの花が生けられ、和空間を鮮やかに彩っていた。

この家で単身生活をしているという依頼人の伯父・東堂秀昭《ひであき》は、柔らかな笑みを浮かべて来客三人のお茶を用意した。

年齢は六十一歳と聞く。まとう服装はシンプルな装いだが、立ち込める穏やかな雰囲気と上品な居住まい、そして少し下がった目尻が人柄の良さを物語っていた。

「お待たせして大変申し訳ありません。甥の辰男は急遽仕事の応対が必要になったらしく、十数分ほど遅れると連絡がございまして」

「いいえ、問題ございません。辰男さんからはこちらにも先ほど連絡が入っておりました。先に我々のみお邪魔させていただきありがとうございます」

雅が丁寧に頭を下げる。それに倣うように、後方に並ぶ遥と和泉も頭を下げた。

「これはご丁寧に。このたびは屋敷のことで多くの方にご迷惑をおかけしているようで、まったく申し訳ない限りです」

「そんなことはありません。甥の辰男さんも、昔から伯父上さまのお世話になり、いつも感謝していると仰っておりましたよ」

「いやあ、お恥ずかしい。それが今では、逆に世話になりっきりですからなあ」

他愛ない話を進める雅と秀昭の様子を、遥はさりげなく注視していた。

この家の売却の話を聞いたとき、長年暮らした自宅を離れることは、伯父にとっても苦渋の決断だったのではないかと遥は考えていた。

ところが話しぶりを聞く限り、秀昭自身も屋敷から離れること自体には納得しているように思われた。伯父と甥っ子の仲もすこぶる良好のようだ。

そのとき、玄関の扉が開錠される音が聞こえた。

「ああ、申し訳ございません、拝ミ座さん！　せっかくお越しいただいたのに、お待たせしてしまいまして……！」

「問題ありませんよ、辰男さん。お先にお邪魔しています」

慌てた様子で現れたのは、依頼人の東堂辰男だった。

三十代にしては少し若々しさが残る、黒髪の爽やかな印象の男性だ。仕事の関係だからか、今日も服装は仕立ての良さそうなスーツをまとっていた。

「そちらの方は和泉さんと遥さんですね。このたびはご迷惑をおかけいたします。どうぞよろしくお願いいたします」

「えっ、辰男さん、どうして私たちの名を？」

思わず聞き返してしまった遥に、辰男がくすりと笑みを漏らす。

「以前ご相談に伺った際はお会いできませんでしたね。実はそのときに、雅さんからお二人についてもご紹介いただいたんです。劇団拝ミ座を支えてくれている、頼もしいお仲間なのだということも」

「恐縮です」

「あ……そ、そうでしたかっ」

人づてに告げられた思わぬお褒めの言葉に、和泉は淡々と礼を告げ、遥はかあっと頬に熱を集めた。

和泉はともかく、遥はまだ拝ミ座にとって新米も新米だ。屋敷内の雑務はまだ良いが、依頼関連では右も左もわからず、あうんの呼吸で動ける二人とは大きな隔たりがある。

それでも、雅の口から語られたというその言葉が、遥は素直に嬉しかった。

「さて。辰男さんにもお越しいただいたことですし、さっそくお教えいただきましょうか。今回起こっている屋敷内での不可思議な現象について」

のんびりした調子で、雅が音頭を取るように告げる。しかしその横顔は凛としていて、遥も自然に背筋が伸びた。


歳は七、八歳ほどの印象だったという。

黒い髪を頭上にまとめ、花柄の和装をまとった少女だったらしい。

「こうして改めて拝見すると、本当にご立派なお屋敷ですね」

「ありがとうございます。先祖がこの周辺の土地を持っていたらしく、その名残でしょうね」

家主の秀昭の案内で、拝ミ座三人は邸宅内を見て回っていた。

外から見るよりも遥かに広い造りで、続く廊下の脇には各々こだわりが感じられる和室が並んでいる。

「以前は両親や兄弟三人と暮らしておりましたが、今や独り身の老人が一人。家もきっと寂しい思いをしているでしょうね」

「また伯父さんはそんなことを。事業で成功して早々にセミリタイアしても、他に移らずここに残り続けたのは伯父さんだけだ。家もきっと感謝しているはずだよ」

「そうだといいんだが。ああ、まずこちらですね。業者の方が妙な人影を見たという部屋です」

秀昭がふすまを開いた先は上品な客間だった。

若草色の畳からはほのかにい草の香りが立ち、外に通じるふすまには陽の光がじわりと染みている。床の間に飾られた花も美しく、毎日手入れされていることがわかった。

「素敵な部屋ですね」

「東向きのこの部屋は朝陽がよく差し込むんですよ。今でも、朝に弱い辰男が遊びに来たときにはよく寝室に使います」

「ちょっと伯父さん、余計なことまで話さないでよ」

気恥ずかしそうにする辰男に、遥が小さく笑みをこぼす。

「ですがこうして見ると、少女の影を見たなんて思いもつかない部屋ですね」

世間話の延長のような雅の言葉に、秀昭もしんみりと頷いた。

「二週間ほど前の午後三時ごろと記憶しています。不動産業者の方が初めていらした日で、今の皆さんのように屋敷内を見て回っていました」

そして今のように部屋のふすまを開けた瞬間、担当者の顔が真っ青になったのだという。

和装姿の少女が見えた気がする、と。

「私はあとに入ったので目にすることはなかったのですが、見間違いにしてはあまりに驚愕した様子でした」

相づちを打ったあと、遥は静かに雅たちに目を向けた。

霊を視る目を持つ雅と和泉。どこか研ぎ澄まされた空気をまとう二人の視線が、無言で交わされる。

ああ、どうやら「見間違い」ではないらしい。

「どうでしょうか、拝ミ座さん」

「はい。確かにこの部屋には、生者と異なる者の気配が微かに残っていますね。端的にいえば幽霊です。とはいえ、今はすでにこの部屋に姿はありませんが」

「ああ、そ、そうですか……」

ある程度の覚悟をしていた様子の辰男だったが、いざ明言されるとやはり動揺するようだ。伯父の秀昭もまた、辰男ほどではないものの小さく表情を曇らせた。

「歴史の長いお屋敷ですから、彼らに魅入られることもさほど不思議ではありません。幸いこの部屋に悪い怨の念も感じませんので、あまりご心配なさらなくても大丈夫ですよ」

「確かに、とても素敵な客間ですもんね」

床の間を彩る生け花は、三輪の白い百合を中心に黄色の小花や緑の葉が周囲を包み込むように飾られている。

何かに導かれる心地で歩みを進めた遥は、床の間の前に静かに正座した。

「生けられたお花も本当に綺麗で……私も子どものころにこんな素敵な客間を見つけたら、ずうっとこの部屋で過ごしてしまうかもしれません」

穏やかにそう告げた遥だったが、次の瞬間、百合の花の美しさに紛れて誰かの声が聞こえることに気づいた。

この部屋の『記憶』だ。瞬時にそう判じた遥は、極限まで意識を集中させる。

男の子。それとも、女の子だろうか。

幼い子どもたちが、楽しく内緒話をしているような声。

今の遥と同じく、床の間の前に行儀よく正座して、生けられた花を見つめる姿が浮かんでくる。

『きれいな花だねえ』

『母さんが生けた花だよ。百合っていうんだって。花言葉は……』

「遥ちゃん」

「……っ、あ」

少しの間を置いて、はっと我に返る。

一瞬、依頼主の前で昏倒してしまったかと焦ったが、どうやら今回はそう深い『記憶』の海に浸からずに済んだらしい。

不自然にならない程度に肩をそっと引いてくれた、雅のおかげでもあった。

「はは。もしかして遥ちゃん、本当にお昼寝しかけちゃった？」

「ち、違いますよ。その、あんまりお花が美しくて見惚れてしまって……」

「百合の花言葉には、『純粋』『無垢』などがあるんですよ」

慌てて受け答えする遥に、秀昭は朗らかな笑みで答えた。

「遥さんにとてもお似合いな花言葉ですね。気に入っていただけて光栄です」

「きょ、恐縮です……。お詳しいんですね。花言葉もご存じなんですか」

「家じゅうの花の世話をしていると、そういった知識も自然に。年寄りの道楽ですね」

「またまた。伯父さんは若いころから俺にもよく教えてくれたじゃないか、花言葉」

隣の辰男もどこか表情の強ばりが解けたようで、遥はほっと息を吐く。

百合の花言葉。

思いがけずに重ねられた、この客間に残された『記憶』。

それがまさに今浮かび上がったという事実に、遥は何か運命的なものを感じずにはいられなかった。


そのあと、さらに二ヶ所の部屋を回り終え、一同は再び大部屋まで戻ってきた。

事前に辰男が用意していた屋敷の図面が、座卓いっぱいに広げられる。改めて大きな屋敷だと実感しながら、遥は心霊現象の起きた順番を書き記していった。

「最初の目撃場所が、お屋敷東側にある客間。次に、お屋敷西側にある書斎。最後に、お屋敷最奥にあるお手洗い場の前ですね」

部屋の大きさも配置も用途も、特に共通点はない。

少女の霊を見た時間帯も、午後三時ごろ、午前十時ごろ、正午ごろとばらばらだった。

「今回は残念ながら、件の少女の姿を見ることはできませんでしたね。突然知らない大人たちがやってきて、彼女も警戒してしまったのかもしれません」

まるで親戚の女の子のことを話すような雅に、辰男と秀昭も妙に納得した面持ちで頷く。

普段から霊を目にする雅にとっては生死の違いがあるのみで、感覚的に大差はないのかもしれない。

困っている誰かに対し、ただただそっと救いの手を差し伸べているだけなのだ。

「だとすれば妙な点もあります」

ずっと沈黙していた和泉が静かに口を開いた。

「何故少女の霊は、不動産業者の担当者が来たときに限って姿を見せたのでしょう。仮に見知らぬ者にいたずらするという目的であれば、初来訪の我々がいる今日も、同様に現れるのが自然に思いますが」

「確かに、仰るとおりですね」

深く頷く辰男たちに、雅が言葉を向ける。

「担当者の方は、こちらの遥ちゃんのような、思わずちょっかいを出したくなる可愛らしい方だったんでしょうか？　こちらの和泉のような無愛想ではなく」

「ちょ、ちょっかい？」

「無愛想で悪かったな」

遥と和泉が揃って反応するが、雅は笑顔を崩さない。

「どうでしたか？　秀昭さん」

「あ、いえ。担当者の方は柔道有段者の屈強な男性でして」

「なるほど。となると、年端もいかない少女が気軽にいたずらを仕掛けようとするようなイメージは薄そうですね」

「だとしたら、やはり妙です。いったい何故、その三日に限って少女は姿を見せたのか」

ああ。やっぱり、この二人はすごい。

雅と和泉。一見相反する二人が、時に驚きの連携をみせることに遥は気づいていた。

雅のテンポよく滑らかな語りに和泉の冷静な指摘が入ることで、自然と現状の疑問点が浮き彫りになっていく。

「秀昭さん。件の三日間のほかに、少女の霊を視たり感じたりといったご経験はありませんか?」

「いいえ、それがまったくありませんでした。そういうことがあれば、事前に不動産業者の方にもお話ししたのですが」

申し訳なさそうに答える秀昭に、辰男も同調するように続いた。

「そもそも、この家に女の子が出入りしていたという記憶もほとんどないんですよね。うちは親兄弟も私たち世代も、男ばかりでしたから」

首を傾げる伯父と甥の姿に、遥もつられて首を傾げる。

そもそも少女の正体は何者で、いつからこの家に棲んでいるのか。

長年居住してきた秀昭が出くわさなかった少女が、何故今このタイミングで姿を見せたのか。

浮き彫りになった疑問は、どうやら今日解決することはなさそうだ。雅がぱん、と笑顔で手を打った。

「色々と気になるところはありますが、少女の霊がこの家に潜んでいることは間違いないようです。この邸宅がよほど気に入っているのでしょうね。少女の霊のことは、また日を改めて探ることにしましょうか」

「そのときはまた、少女の霊とかくれんぼですね」

遥が頷きながら言うと、秀昭がふっと小さく笑みをこぼした。

「かくれんぼ、か」

「……秀昭さん？」

「ああ、すみません。幼少時代はこの屋敷を使って、よくかくれんぼをしたものだなあと思いましてね」

「そうだったんですね」

確かにこの広い邸宅でなら、かくれんぼもやりがいがあったことだろう。

懐古の眼差しで屋敷内を眺める秀昭の瞳には、柔らかな慈愛の光が満ちていた。


東堂家の邸宅を訪れた翌日。

雅と和泉が外に出ている間、遥は劇団拝ミ座の屋敷内を黙々と清掃していた。

というのも、普段立ち入ることを許されない和泉の作業部屋が、今日は珍しく開放されているのだ。どうやら部屋の主は区切りよく和裁の仕事を終え、機嫌がよかったらしい。

「ふう……よし。こんな感じで良いかな！」

中央の作業台には手を触れないこと。きつく言い含められた制約をしっかり守り通し、遥は目に付いた至る箇所の清掃を終えた。

和泉は、放っておけば軽く一週間は作業部屋に籠もってしまう。それもあってか掃除はあとで自分がやるからいいと言われたが、遥は是非任せてほしいと申し出た。

遥は掃除が好きなのだ。適度に逸る心音と血の巡り、何より周囲の空気がすっきりと澄んでいく心地は、胸に大きな充実感を運んでくれる。

清々しい心地で一息吐き、清掃道具を片付けようと手を伸ばす。

そのとき、空気の入れ換えで開けていた窓から突然強い風が吹き込んだ。

「ひゃっ、あ、いけない……！」

振り返ると同時に、何かが床に落下した音に気づく。しかも悪いことに、それはどうやら手出し厳禁の作業台から落ちてしまったようだった。

般若の顔でこちらを睨む和泉が瞬時に頭をよぎり、慌てて落下物を拾いに向かう。

そして手に取ったものに、遥ははっと目を見張った。

「これは……」

呟きながら拾い上げたのは、繊維が織り込まれたような優しい感触の和紙だった。蛇腹にたたまれていた紙面が広がり、中に描かれた細やかな刺繍の図案が目に飛び込んでくる。

その模様には、見覚えがあった。

植物のようにも動物のようにも見える、妖しくも不思議な模様。完成されているようで、いまだ完成されていないような、金色の刺繡画。

「雅さんの、紺羽織の刺繡模様……だよね？」

すぐにぴんときたはずが、じっと向き合ううちに何故か自信がなくなっていく。

正式に劇団拝ミ座の一員になってからというもの、雅の紺羽織を目にする機会は幾度もあった。

私生活が壊滅的にあれでこれな彼だが、あの羽織だけは常に丁重に扱っていることを遥は知っている。普段は大きな衣紋掛けに静かに佇む紺羽織。だからこそ刺繡模様も常々目にしており、迷うことなどないはずだ。

それなのに何だろう。ほんの僅かに胸に浮かぶ、この違和感の正体は。

ピンポーン。

そのときだった。本日来客予定のないはずの劇団拝ミ座に、来訪者を知らせるチャイムが鳴った。雅たちならば鍵を持っている。新規の依頼人だろうか。

「い、いけないいけない！」

広がっていた図案を元の場所へと丁寧に戻し、素早く窓の戸締まりを済ませる。

清掃道具の片付けは後回しだ。身なりを整えながら、遥は玄関先まで急いだ。

「申し訳ございませんっ、大変お待たせいたしました！」

「こんにちは、遥さん。昨日はありがとうございました」

「え……、秀昭さん？」

思いがけない来客に、遥は玄関先で声を上げた。

玄関口には昨日大邸宅を案内してくれた秀昭が、穏やかな笑顔で佇んでいた。

帽子と合わせた品の良いスーツ姿で、昨日と同様人当たりの良い雰囲気をまとっている。

ロマンスグレーの髪を柔らかく揺らし、秀昭はゆっくりと頭を下げた。

「突然お訪ねして申し訳ありません。偶然近くまで用事がありまして、名刺に書かれた住所を頼りに参りました」

「そうでしたか。大変申し訳ございません。御護守は今、別件で出払っておりまして」

「いいんですよ。ご連絡もしておりませんし、本当にただ少し、ご挨拶をと立ち寄らせていただいただけですから」

そう言った秀昭は、手にした帽子を静かに被った。

「今回の依頼につきましては、拝ミ座さんにもご迷惑をおかけします」

「いいえ、いいえ。迷惑だなんてそんな」

「お手数をおかけいたしますが、引き続きどうぞよろしくお願いいたします。それでは」

そう言った秀昭は、穏やかな表情できびすを返した。

去っていく背中を眺めながら、遥は何か引っかかるものを感じる。

今回の相談で何か思い出したことがあるのならば、わざわざ出向かずとも電話もある。甥の辰男さんにもここに来ることは伝えていない様子だ。恐らく、本当に突発的な考えで赴いたのだろう。その行動は、思慮深く謙虚な彼の印象とはやや乖離しているように思われた。

『かくれんぼ、か』

そのときふと、昨日耳にした秀昭の呟きが脳裏によぎった。

「あの、秀昭さん！」

門先を出ようとしていた秀昭に、遥は咄嗟に声をかけた。

「もしよろしければ、中でお茶でもいかがですか。実はちょうどお掃除を終えて、休憩を取ろうと思っていたんです」

「でも、よろしいのですか」

「もちろんです。どうぞお上がりください」

戸惑う様子の秀昭を、遥は笑顔で促す。

もしかしたら秀昭は、何か胸に秘めた想いがあるのではないだろうか。

近しい友人でも、親しい甥っ子でもない。昨日出逢ったばかりの遥たちにこそ話したいと思える、何かが。


「じゃあ、秀昭さんは幼いころからずっと、あのお屋敷に住まわれているんですか」

「ええ。六歳で引っ越してきてからですから、もう五十五年近くになりますね」

「わあ、もうそんなに長いんですね」

拝ミ座の居間兼接客室に、掛け時計がポーンポーンと午後四時を告げる。

お茶と茶菓子を置いた座卓を挟み、遥と秀昭は穏やかに会話を交わしていた。

「この拝ミ座の建物も深い歴史が感じられますね。遥さんはここではもう長いのですか」

「いいえ。実は私は、先月前職を辞したばかりでして。ここに勤めはじめたのはごく最近なんです」

「そうでしたか。雅さんたちとも打ち解けていらっしゃる様子でしたので、古くからのお付き合いなのかと」

「そう感じていただけたのなら、きっと雅さんと和泉さんのおかげですね」

雅は初対面のときから親しみやすい朗らかな人柄で、縮こまりがちな遥の心をそっと解してくれる。

　和泉は無愛想な反面、あの竹を割ったような物言いが、かえって遥の抱きがちな遠慮を取り払ってくれていた。

「遥さんの温かな人柄も、同じくらい拝ミ座のお二人に必要とされていると思いますよ」

　柔らかく目尻を下げながら、秀昭は湯飲みにゆっくりと口をつける。

「正直、今日こちらに赴くことは直前まで悩んでおりました。連絡を入れていないことももちろんですが、何より私自身、心を決め切れていなかったのだと思います。この歳にもなってお恥ずかしいことではありますが」

「そんな、恥ずかしいことなんてありません。大切なことほど真剣に悩むのは当然のことですし、そのことに年齢なんて関係ありませんから」

　開かれた障子の向こう側から、薄橙色の日差しが室内にそっと差し込む。

　短い沈黙のあと、秀昭はふっと口元に微笑みをたたえた。

「やはり、今日ここに来て正解でした。あなた相手になら、もしかしたら話せるかもしれない……そう思っていましたから」

「え？」

「はは、いいえ。今のは年寄りの戯れ言としてご容赦を」

　目を瞬かせる遥に、秀昭は小さく居住まいを正した。

「昨日自宅ではお話しできませんでしたが……実は私、今回現れたという少女の霊に思い当たるものがあるのです」

伏せられていたまぶたが開けられ、静かな決意を宿した瞳がこちらを見据える。

「彼女の名は、野村里子《のむらさとこ》。私がまだ子どもだったときの、幼馴染みです」

◇◇◇

東堂家は、秀昭が幼いころより、周囲から羨望と尊敬の目で見られる大屋敷だった。

そのことに子どものころの秀昭は密かな喜びと誇り、そして少しの苦みを感じていた。

自分の家に来る者はみんな、自分ではなく大きな屋敷そのものを目に焼き付けていく。

まるで自分には何も価値がないと言われているようで、子どもながらに心が痛んだ。

『ねえねえ。あなたのおうち、あの大きな「東堂さんち」って本当？』

里子との、初めての会話だった。

「またか」と内心苦虫を噛み潰した心地で、秀昭はこくりと頷いた。少女は瞳をきらきらと輝かせた。

『いいねえ。かっこういいねえ。わたし、里子っていうの。あなたのお名前は？』

『秀昭、だけど』

『じゃあヒデちゃんだ。わたしのことはサトちゃんって呼んでいいよ』

『え』

『ね。わたしたち、お友達になろう！』

秀昭はあれよあれよという間に友達の称号をもらった。

何故か懐かれてしまった秀昭も、無邪気で活発な里子に徐々に心を開いていった。

◇◇◇

「彼女はよく私の家に遊びに来ていました。彼女はかくれんぼが大好きで、隠れる場所が無数にあるうちの屋敷がとても羨ましかったそうです」

「ふふ。確かにお部屋もとてもたくさんありますし、一室一室がとても素敵な造りでしたもんね」

一人で暮らしているにもかかわらず、その部屋の一つ一つが綺麗に整えられ、美しい花まで飾られていた。東堂家の屋敷は、里子にとってまさにかくれんぼをするにはうってつけの、魅力溢れる場所だったのだ。

「ある日、近隣の公園で夏祭りが開催されました。長期休み中に近所の子どもたちや家族連れで賑わう、恒例の祭りです。私は遠方の親戚宅に宿泊の予定がありましたが、帰宅日の夜なら問題ないだろうと、彼女と二人で夏祭りに行く約束をしました」

夏祭り。

その単語が耳に触れ、遥ははっと息を呑む。

業者の人が見た、和装姿の少女の霊。もしかしたらそのまといは、浴衣だったのではないだろうかと。

「しかし、私は滞在先で夏風邪をこじらせましてね。数日間ずっと親戚宅で床に伏せってしまい、予定だった日に自宅に帰ることができませんでした」

「……」

「ようやく回復して自宅に帰った矢先……彼女の訃報を耳にしたのです」

葬式のときに初めて秀昭は、里子が肺を患っていたことを知った。

「その症状を悪化させた原因は、この私です」

秀昭は静かに、はっきりと言った。

「彼女は待ち合わせ場所だった我が家の前で、私の帰りを待っていたんです。恐らく、祭りが終わる刻限までずっと。その日は夜風も強く、彼女が帰宅したときには、すでにひどい咳が出ていたそうです。深夜に救急病院に向かったものの、そのまま、彼女は……」

秀昭は座卓に肘をつくと、両手にそっと顔を伏せた。

「私があのとき、体調なんて崩さなければ。いや、そもそも遠出直後の約束なんて結ばなければよかった。熱で朦朧としていた私は、彼女との約束をすっかり失念していた。こんなに重大な事態になるなんて夢にも思わずに」

「秀昭さん」

「彼女の霊が、うちの屋敷にいることの確証はありませんでした。それでも私はずっと、あの屋敷を離れる気にはなれなかった」

「……あのお屋敷には、玄関や居間、客間にまで、とても綺麗なお花が飾られていますよね」

遥の言葉に、ゆっくりと両手から秀昭の顔が持ち上がる。

「彼女は……我が家に飾られている花を眺めることが、かくれんぼの次に大好きでした。もしかしたら今もどこかで、彼女が見てくれているかもしれない。そんな想いで続けてきた自己満足でしたが、まさか本当に彼女がいてくれたとは」

感情を必死に抑えているものの、その瞳は在りし日の幼馴染みの姿を見つめている。彼の前にはいまだに現れようとしない、彼女の姿を。

「今回の一連の騒動は、彼女があの屋敷を離れたくないという意志の表れだと、私は思っています」

秀昭は静かに告げた。

「そうであれば、私は無理にあの屋敷を他人に譲りたくない。彼女のそばにいたいんです。

たとえ姿が見えずとも」

「それが、秀昭さんのご意向なんですね」

「はい。お伝えするのが遅れてしまい、本当に申し訳ございません」

深々と頭を下げる秀昭に、大きく首を横に振る。

ずっと胸の内に秘められてきた秀昭の想いは、亡き幼馴染みに手向けられた花束のように感じられた。


「なるほどね。秀昭さんの幼馴染みかあ」

秀昭の帰宅後。

別件から戻った雅と和泉とともに、遥は再び円卓を囲んでいた。

卓上には二人が買ってきてくれたいちご大福が、各々小皿に載せられている。

外出時の和装姿からカジュアルな私服姿になった二人に、遥は先ほどの話を過不足なく伝え終えた。

「確かに幼馴染みなら、頻繁に家に出入りしていても不思議じゃないよね。まるで本物の家族のように育つこともある」

「もしかして雅さんにも、親しかった幼馴染みがいらっしゃるんですか?」

「はは、いるいる。葉月《はづき》っていう、四六時中一緒につるんでた幼馴染みがねえ」

いちご大福片手にくすくす笑いながら、雅は夜に染まっていく空に視線を向ける。遠くを見つめる雅の瞳には、優しい懐古の色が滲んでいた。

「俺の田舎は森と山に囲まれた村でね。同世代の子どもは大体きょうだいみたいに暮らしていたんだよ。特に葉月は俺と同じ、霊能力の持ち主だったから余計にね」

「え、そうなんですか？」

続く話によると、雅の生まれ故郷の村には、そうした力を持つ者が昔から多く生まれるのだという。そのため古くから周囲の村からは「霊能の村」と知られ、怪異などの相談も多く寄せられていたらしい。

「葉月は同世代でも特に能力が高くてね。今は村の頭領として日々霊能の相談に当たっているんだ」

「なるほど。それじゃあ、雅さんと同じですね」

「はは。俺はそういうしがらみからさっさと抜け出してきた、卑怯者だからなあ」

「え……」

さらりと口に出た「卑怯者」の言葉に、遥は一瞬返答に窮する。

まるで自分をそう評するのが至極当然というような、躊躇のない響きだった。

「葉月はそんな俺にも、手紙だのなんだのって色々と世話を焼いてくれてるんだ。本当、お人好しな幼馴染みだよね」

「俺にとってはただのお節介だけどな。同郷でもない俺にも、何かにつけて年上ぶっては絡んできやがる」

「和泉さんも、葉月さんに会ったことがあるんですね？」

「ああ。ここにも何度か現れたことがある。連絡もなく、唐突にな」

そうなのか、と遥は小さく頷く。

幼いころから雅とともにいた幼馴染み。ここで働いていれば、いつか顔を合わせることもあるかもしれない。

「そういえば、遥ちゃんの出身はどのあたりなの？」

「あ、私は生まれも育ちも都内なんです。なので故郷に帰るという感覚は少し薄くて」

社会人になると同時に一人暮らしを始めたが、実家は電車と徒歩で二十分の距離にある。何かあればすぐに駆けつけられる距離に加え、母とは定期的にメッセージのやりとりもしていた。

「そういえばもうすぐお盆の時期ですよね。雅さんも和泉さんも、田舎に帰る予定はあるんですか？」

「俺は実家に勘当されているからな。帰る田舎は特にない」

「えっ」

淡々と答える和泉に、再び遥は固まってしまう。

実家に勘当。和泉さんにそんな過去があっただなんて初耳だ。

「はは。遥ちゃん、驚いたでしょ。確かに『勘当』なんてパワーワードを突然聞かされたらねぇ」

「あ、い、いいえ……！」

けたけた笑う雅に、遥は慌てて首を横に振るも、居心地悪く視線を落とした。

考え無しのままプライベートなことに踏み込みすぎてしまった。自分の軽率な質問を後悔していると、ふとテーブルの上に何か差し出されたことに気づいた。

小さなビニル袋に封された、金平糖だ。

「妙な気を遣わなくてもいい。俺は気にしていない」

「あ……」

そう言うと、和泉は再び手元のいちご大福にむしゃりとかぶりついた。

差し出された色とりどりの金平糖。袋に貼られた丸いシールには、可愛らしい文字で「おまけ」と記されている。

「和泉さん……ありがとうございます」

「礼を言われることじゃねえ」

「あらら。和菓子屋のおばちゃんがくれる、おまけの金平糖。いつもなら真っ先に、作業のお供にって我がものにする和泉サマなのにね？」

「お前は黙ってろ雅」

「あ、あ、あの！　雅さんは、お盆に何かご予定はあるんですか？」

生まれかけた小競り合いの火種に、遥は慌てて間に入った。

「俺は、盆には毎年田舎に帰ってるよ。だからその時期は、劇団拝ミ座も夏休みなんだ」

「夏休み。そうなんですね」

「今年も行くのか、雅」

短く問うたのは和泉だ。どこか強い意味を感じる声色に、遥は思わず目を見張った。

「うん。当然でしょ」

「お前も大概強情だな」

ため息交じりに告げる和泉の眼差しを、雅は笑顔で引き受ける。

目に見えない様々な何かが行き交うのを肌で感じる。しかしそれは、安易に触れてはいけないものだ。

雅たちとは古くからの付き合いに思えたと秀昭は言った。でもそれは違う。自分と彼らとは、こんなにもはっきりとした線引きがある。

二人がやがていつもどおりのタイミングでお茶を喉に通す様子を、遥はただ見守ることしかできなかった。

秀昭の来訪から二日後。

約束の午前十時に再び三人で訪れた東堂家で、厚みのある正方形型のアルバムがゆっくりと開かれた。

「わあ、可愛い……！」

フィルムに閉ざされていた写真の一つを目にし、遥は思わず声を弾ませた。

写真は水面が宝石のように輝く川べりで、小学校低学年ほどの子どもたちが元気に遊んでいる。弾けるような笑顔で水を掛け合う姿に、遥は自然と口元が綻んだ。

「昔はよく近所のみんなと、こうしてあちこちで遊んでおりました。日暮れまで森を駆け回ったり、山に登ってみたり」

「伯父さん。もしかしてこれが、子どものころの伯父さん？」

「ああ、そうだよ」

甥の辰男が指さす箇所には、確かに少年時代の秀昭の姿があった。

子どもらしい笑みを浮かべているが、今の穏やかな面影も微かに感じられる。

「そしてこの隣に立っている女の子が、幼馴染みの野村里子さんです」

静かに続いた秀昭の言葉に、遥たちは写真に写る人物に視線を集めた。

秀昭に寄り添うように立っている、快活そうな少女だ。髪の毛をポニーテールで高くまとめ、川に足を浸しながら笑顔を向けている。

「まるで、太陽のような女の子ですね」

「はい。私もずっと、そう思っていました」

遥の言葉に、秀昭は静かに笑みを濃くする。

「彼女は困っている級友を見過ごすことができない、優しい女の子でした。そんな彼女のことが、みんなとても好きでした」

アルバムをめくると、写真のあちこちに少女の姿があった。中には、この屋敷内とおぼしき場所でかくれんぼをしている姿もある。

写真に残る彼女の表情はどれも、溢れるほどの笑顔だ。

「この写真は、彼女が亡くなる一年前に、近所の友人らとともに花火大会へ行ったときのものです」

それは恐らく、この東堂家の屋敷前で撮られたものだった。

夕暮れ時に、数人の子どもたちが整列したところを収めた写真。みんな色とりどりの浴衣を身につけ、祭りを待ちきれない空気がこちらにも伝わってくる。

「里子ちゃん、牡丹柄の可愛らしい浴衣を着ていますね」

「ええ。彼女は花の中でも牡丹が特に好きでした。この桃色の浴衣は、特に彼女のお気に入りだったみたいですね」

服の話題になったからか、遥の隣に座していた和泉が僅かに身を乗り出すのがわかった。

もしかすると、里子は今でもこの牡丹柄の浴衣をまとっているのかもしれない。楽しみにしていた秀昭との約束のときを、胸に抱くようにして。

「秀昭さん……もしよろしければ、こちらの写真を直接、手に取らせていただいてもよろしいでしょうか」

「……？　はい。もちろん構いませんよ」

遥の言わんとすることがわからない様子ではあったが、快諾した秀昭はアルバムのフィルムからそっと古い写真を取り出した。

その間、遥は静かに雅へと視線を向ける。雅は遥の考えをすべて見通したように、小さく頷いた。

もしかしたらこの写真からも、里子の想いに繋がる手掛かりが見いだせるかもしれない。

「どうぞ、遥さん」

「ありがとうございます」

小さく呼吸を整え、遥は差し出された写真を手に取った。

そして次の瞬間、目の前の光景がゆらりと幻想的に揺らめく。

蜃気楼の中にいるような感覚の中で、再びあの二人の声が届いた。

『サトちゃんは、牡丹の花がとてもよく似合うね』

『本当?　ありがとう、ヒデちゃん!　ねえねえ、牡丹の花の花言葉ってなんなの?』

『うーんとね……確か、「高貴」「王者の風格」「人見知り」、だったかな』

『コウキ?　コウキって、どういう意味?』

『難しいなあ。多分、気品があって立派、みたいな意味じゃないかな?』

『……ふふふ。気品があって、立派で、人見知りのお花かあ』

『サトちゃん?　どうしたの?』

『へへ!　なんでもなーい!』

そう言うと少女は満面の笑みを浮かべ、向こうにいる友人たちのもとへ駆けていった。

両の頬を、愛らしい桃色に染めながら。

「……里子ちゃん。本当に本当に、素敵な女の子だったんですね」

す、と再び呼吸を整えた遥は、閉ざしたまぶたをゆっくりと持ち上げた。

視界の端では雅と和泉がともに安堵の表情を浮かべていて、応えるように微笑みかける。

どうやら、みんなに迷惑をかけることなく戻ってこられたようだ。

写真を戻したアルバムを、雅は穏やかな笑みで秀昭のほうへ差し出した。

「秀昭さん。わざわざアルバムをお見せいただき、ありがとうございました」

「いいえ。むしろもっと早くお見せするべきでした。拝ミ座の皆さんにはかえって余計なお手間をおかけすることになり、申し訳ございませんでした」

「人が心の整理をつけることに、余計なものなどは存在しませんよ」

ごく自然に紡がれた雅の言葉に、秀昭も遥もはっと目を見開く。凜とした雅の言葉に背を押されるようにして、甥の辰男も口を開いた。

「そうだよ。それに、俺のほうこそごめん。伯父さんの事情も知らずに、家の売却の話を持ちかけてしまって」

「いいや、そんなことはないさ。辰男の考えももっともだ。現実問題、私が今後も一人でここに住み続けるのは厳しい。この建物も私自身も、相当に歳をとっているからな」

秀昭の言葉に、辰男は悔しそうに顔を歪めた。秀昭の話すことは、恐らく真実だったのだろう。

「彼女のためと言いつつ、本当は私のためだったのかもしれないな。幼いころの罪悪感を少しでも薄めたい、自分自身のための」

「秀昭さん……」

「拝ミ座さん、改めてお願いします」

拝ミ座の三人に向かって、秀昭は深く頭を下げた。

「この家にいる少女の霊をどうぞ救って……彼女の力になってあげてください」

「やっぱり今日も、少女の霊は絶賛かくれんぼ中みたいだねえ」

家主の秀昭の許可のもと、雅と遥は二人で東堂家を見て回っていた。

東側に延びる廊下を進み、一室一室中の様子を確かめていく。二度目の探索でもやはり立派な邸宅は、どの部屋も綺麗に整えられていた。

「雅さん。この家に棲んでいる少女の霊は、やっぱり里子ちゃんなんでしょうか」

「だね。さっき彼女の写真を見せてもらったでしょう。あのときにこう、ピーンってね。波長が重なった気がしたから」

こめかみにトンと指を当てながら、雅が柔らかく微笑む。雅がそう言うのなら、きっと間違いない。

和泉は秀昭らとともに広間に残っている。恐らくは、当時の里子の外見や服装についての詳細を聞き取るつもりなのだろう。

「少女の霊が里子ちゃんだとしたら、何か悪さを企んでいるわけじゃないと思うんです。秀昭さんも長年この家に住んでいて、一度も姿を見たことがないと言っていましたし」

「うん。今も微かに里子ちゃんの気配を感じるけれど、悪いものは伝わってこない」

だとしたら、今回里子が姿を見せた理由は何だろう。

家の売買の話を阻止するためだろうか。それとも、他に何か理由が？

考えを巡らせている間に、雅は続く部屋のふすまを開ける。初めて里子の霊が目撃された、東側の客間だった。

「わあ、今日も素敵な生け花が飾られていますね」

「うん。部屋も綺麗に掃除されて、陽の光でいっぱいだね」

以前案内を受けたときも話題に上がっていた。この部屋は東向きだから、朝の弱い辰男が寝泊まりするときによく使うのだと。

「少し気になっていたことがあるんだ。今回、少女の霊を見た部屋の位置とその時間帯、遥ちゃんは覚えてるかな」

「あ、はい。最初が午後三時ごろにこの東側の客間。二度目が午前十時ごろに西側の書斎。三度目が正午ごろに最奥の手洗い場の前ですよね。部屋の位置も時間帯もばらばらで……」

「うん。でも一つだけ、共通点を見つけたよ」

え、と目を見張る遥に微笑みかけると、雅は縁側の前に静かに立った。

外から注がれる日差しを存分に浴びて、長いまつげがそっと伏せられる。雅の茶色い髪がきらきらと透けるように輝いて、遥は思わず目を奪われた。

「綺麗でしょう」

「はい……、綺麗です」

「ね。この部屋は、眩しいくらいに日当たりがいいよね」

「え？」

「え？」

疑問の声が重なり、二人はしばらく見つめ合う。

直後、「綺麗」の対象が異なっていることに気づいた遥は、かあっと顔を火照らせた。

「す、す、すみません。そうですね。お日さまがさんさんですし、庭の眺めもとても綺麗ですね……！」

「あれれー？　もしかして遥ちゃんの『綺麗』は、この風景とは別のもののことだったりしたのかなあ？」

「もうっ、わかってるならわざわざ聞かないでくださいよ……！」

誤魔化す技量のない遥が早々に白旗を掲げると、雅はくすくすと嬉しそうに笑う。

そんな人をからかう表情一つも絵になるのだから、非常に悔しい。

「まあ確かに雅サンはいつもきらきら輝いてるけれどねえ。今注目してほしいのは、お日さまの光と時間のお話」

「え？　お日さまの光と、時間？」

聞き返した遥が、首を傾げる。

「この部屋は東向きだから、今のような午前の時間帯には、日差しがいっぱい入ってくるよね。でも、一日中これが続くわけじゃあない」

「えぇっと。確かに夕方になると日は西に傾きますから、逆に日差しが当たらなくなりますよね……？」

そこまで言葉にして、遥ははっと目を見張った。

「里子ちゃんがこの部屋で見かけられたのは午後三時……部屋に日が当たらずに、陰っている時間帯です！」

他の二部屋も、一つは午前の西側の部屋、もう一つは正午の最奥の手洗い場の前。どちらも同様に、日差しが届かない場所と時間帯になっている。

つまり里子は、日差しが注ぐ部屋を避けてかくれんぼをしているということだろうか。

「それじゃあ今里子ちゃんが隠れているのは、ここは反対……西側の部屋ということでしょうか……！」

「あとは、完全に日差しが届かない中央の部屋もだね。むしろそのどこかが、彼女の安寧の場所になっている可能性もある」

以前手渡された屋敷図面を、改めて確認する。

中央の部屋だけに絞るとすれば、大きな部屋が三部屋と小さな物置部屋が一部屋ある。

「これから、西側の部屋を手前から順番に確認していく。見終わった部屋には、この鈴を置いておこう。特別な鈴だから、実体がないものにも干渉することができる」

里子の霊が部屋に出入りすると、それに反応して鈴が鳴る。そうすれば必然的に彼女の居所が狭まっていく。

「秀昭さんの胸の内はしっかり受け取った。今度は、里子ちゃんの胸の内に耳を澄ませる番だよ」


その後二人は、日が陰った西側の部屋を順番に確認していった。もちろん出る際、部屋に鈴を置くことも忘れない。

最奥の部屋を調べ終えた二人は、廊下から一直線に並ぶ部屋に耳を澄ませていた。

「雅さん……聞こえますか？」

「ううん。何も。つまり里子ちゃんは今、西側の部屋にはいないということだね」

二人の視線は、自然と中央に並ぶ部屋に向けられる。

今歩いてきた広間側から並ぶ部屋が三つと、玄関口から一番遠い物置部屋が一つだ。

「里子ちゃんは五十年近くもの間、この家に棲み続けていたんですね。ただただ……秀昭さんと一緒に」

ぽつりとこぼれた言葉が、廊下に小さく響く。

里子はどんな気持ちでこの家にいたのだろう。どんな気持ちで秀昭のことを見ていたのだろう。きらきらと輝くような思い出を胸に抱いて、陽の影にそっと身体を寄せながら。

彼女の話を、聞いてみたい。

「里子ちゃん……『もーう、いーいかーい』？」

そのときだった。

傍らの物置部屋から、カランカランと小さな音が弾けた。何かが床に落ちるような音だ。

はっと息を呑んだ遥は、物置部屋の入り口を食い入るように見つめる。

「雅さん、今、ここから」

「うん。俺にもちゃんと届いたよ」

穏やかな口調で告げた雅は、物置部屋の扉前にそっと身を屈めた。

コンコン、とノックをする。しかしノックは返ってこず、雅もしばらくそのまま動かなかった。

「雅さん……？」

「うん。開けるよ」

物置部屋の入り口を、ゆっくりと開ける。

しかし視界に広がったのは、以前来たときも確認した木製棚と積まれた荷物だった。

霊の見えない遥の視線は虚空を切っていたが、最後にぴたりとある一点に止まる。

「雅さん、これは……」

以前は目にしなかったものが、遥が踏み入った足先に落ちていた。

一本のかんざしだ。本体部分は黒と金の波線が施され、その先には美しい赤色の牡丹の飾りがついている。

もしかすると、先ほどの音はこれが落ちた音だったのだろうか。

「遥ちゃんっ」

「あ！」

見つけたかんざしを、遥が無意識に拾おうとする。

雅の声が届くのとかんざしに指先が触れるのは、ほとんど同時だった。

◇◇◇

『ヒデちゃんがねえ、わたしは牡丹の花がとてもよく似合うねって言ってくれたの！』

弾むような声に、炊事場にいる割烹着姿の女性がにっこりと笑みを浮かべながら『そうなのねえ』と告げた。

『里子ったら、だからまた牡丹柄の浴衣を探していたのね』

『そうよ。だってわたしがこの浴衣を着れば、ヒデちゃん、喜んでくれるかもしれないでしょう？』

少女は浴衣を羽織り、部屋の角にある姿見を嬉しそうに覗き込む。

傍らに置かれていた鏡台にとあるものを見つけ、目を輝かせた。

『ねえねえお母さん！　このきれいなの、浴衣と一緒につけていってもいい？』

『ええ、いいわよ。ちょうど露店で見つけてね、里子が喜ぶと思って買ったものだから』

『ありがとう、お母さん！』

さらに笑みを濃くした少女が、まるで宝石に触れるようにそのかんざしを手に取る。

ヒデちゃん、喜んでくれるかな。

ううん。喜ぶだけじゃなくて。それだけじゃなくて――。

◇◇◇

「……ちゃん、遥ちゃん」

「っ、ん……」

気づけば遥の身体は力を失い、床にへたり込んでいた。背中に回された腕が、遥の肩をしっかり支えてくれている。

ああ。また、この人に助けてもらった。

「もう、大丈夫です。ありがとうございます。雅さん」

「うん。どういたしまして」

真っ直ぐこちらを見つめる雅の瞳に、小さく笑みを向ける。次第に戻ってきた感覚を確かめながら、遥はゆっくりと上体を起こした。

手にしたままになっていた赤色の牡丹のかんざしに、きゅっと力を込める。

「このかんざしは、あなたのものなんだよね。里子ちゃん」

そう問いかけると、遥は自然と視線を上に向けた。

薄暗い空間ではわかりづらいが、天井板の一つにうっすらと入った隙間が見てとれる。

「大丈夫。かんざしはどこも壊れていないよ」

返事はない。それでも構わなかった。

「里子ちゃん。ここにいる二人は、あなたのお話を聞きたいと思っているの。あなたが、今何を思っているのかを知りたいんだ」

「……この家を壊そうとしてる、悪い人じゃないの？」

聞こえたのは、少女の声だった。

遥が死者の声を聞いたのはこれが初めてのことだ。水のように耳に沁みて、風のように透き通った声。

「私たちは拝ミ座だよ。あなたが話したいことを話してくれれば、それだけでとても嬉しい。これ以上来てほしくないのなら、ここから先へは決して進まない」

「……」

「自分のことを、見つけてほしい人がいるんだよね。もうずっと前から」

「……うん。でもね、もう少しだけこのまま……見つかりたくないなあとも、思ってた」

気丈だがほんの僅かに震えている声に、胸がぎゅっと苦しくなる。

見上げた天井の向こうに、見えないはずの彼女の姿を見た気がした。

まだ年端もいかない少女が、膝を抱えている。どうして放っておくことができるだろう。

「お姉さんね、今年で二十七歳なんだ」

唐突な話題に、隣の雅が目を丸くするのがわかった。それでも構わず続ける。

「もしかしたら里子ちゃんは、もっと自分に年代の近い身体であの人に会いたかったかもしれない。でも、もしもお姉さんを選んでくれるなら、里子ちゃんに喜んでもらえるように精一杯頑張りたいって思ってるんだ」

「……お姉ちゃんを、選ぶ？」

「うん」

天井の隙間に、小さな光が瞬いた。

「里子ちゃんがもう一度過ごしたかったときを、私たち拝ミ座が蘇らせる。あなたがその胸に大切に大切に仕舞っている、かけがえのない瞬間を」

そして迎えた、七月の第三土曜日。

「花火大会には絶好の天気ですね」

見上げた空には、まん丸の月が浮かぶ。少し離れたところには月の明かりに負けじと瞬く星の姿も見え、雲は一筋も見られなかった。

嬉しそうに縁側に立つ雅に、邸宅の主である秀昭も目を細めた。

「本当ですね。この日は夜道にも子どもたちの賑やかな声が響いて、街中に小さな明かりが点るようです」

「昔から続く伝統が、現代にも息づいている。素敵な街ですね」

話しながら、用意された座布団に戻る。

東堂家の邸宅を訪れた劇団拝ミ座三人は、依頼人の辰男と伯父秀昭と改めて対峙した。

背筋を伸ばした辰男が、静かに口を開く。

「拝ミ座さん。今日は件の心霊現象を解決したいというお話でしたが」

「ええ。恐らくこの日に再現するのが、彼女の最も望むところだろうと判断しました」

「彼女というのは、やはり」

「はい。秀昭さんの幼馴染み、野村里子さんです」

雅がそう断じると、秀昭の喉が僅かに動いた。少なからず動揺もあっただろうが、秀昭は努めて冷静に続く話に耳を傾けている。

「我々が心霊現象を解決する際には、霊となった人物が一等心残りとしている瞬間を再現いたします。舞台はこの邸宅。幸い役者は揃っているのでこのままで。秀昭さん、お手数ですがこちらの着物にお着替えいただけますか」

「はい。それは構いませんが……」

雅から手渡されたものは、白いたとう紙で丁寧に包まれていて中身は窺いしれない。甥の辰男と短く顔を見合わせたあと、秀昭はそっと席を立った。

「ではすぐに着替えてまいります」

「お願いします。それから準備のため、一室我々に貸していただけますか。姿見があると助かります」

「もちろんです。私は自室で準備を。拝ミ座さんは隣の客間をご利用ください」

てきぱきと答えた秀昭により、拝ミ座三人も準備のため隣の客間へ移る。

入ってすぐに和泉が素早く組み立てたのは、部屋を二分する大きな仕切りだった。

「新人、これがお前の今日の衣装だ」

「はいっ」

衣装のこととなると目の色を変える和泉の早口指示に、遥も思わず声を張る。

白のたとう紙に包まれた衣装を、遥は慎重に受け取った。かさり、と音を立てるたとう紙をめくった遥は、大きく目を見張る。

なんて素敵な浴衣だろう。

まるで空気の澄んだ夜空を思わせる藍色の生地に、牡丹の花が幸せそうに赤色の花弁を広げている。触れてみるとよりわかる、心の籠められた手縫いの模様だ。

「少女の母親はすでに亡くなっていたが、その友人から話を聞くことができた。亡くなった年の花火大会前に、少女は浴衣を新調していたらしい。牡丹をあしらった、少しお姉さんらしく見えるものが欲しいと言って」

和泉の話に、そうだったのかと納得する。確かに亡くなる一年前の花火大会の少女は、桃色が基調の可愛らしい牡丹柄の浴衣をまとっていた。

初めて二人きりで約束していた花火大会。新調した浴衣。

少女の期待に弾むような胸の内を想い、遥は温かくも切ない気持ちでいっぱいになる。

「着替えを急げ。最終的な直しは俺がやる」

「はい」

仕切りの向こうに身を移すと、遥は着ていた洋服をさっと脱ぎさった。

簡単に横に畳んだのち、作り手の和泉に感謝しながら遥は浴衣に腕を通す。

夏の蒸し暑さが残る夜に、さらりと心地のいい布地が肌を撫でる。肩の位置を確かめると、腕の長さはいつもながら遥の身体にぴったりのサイズにあつらえられていた。

裾の位置を調整した遥は、用意していた白の腰紐を手に取る。緩まないようにしっかり結んだあと、おはしょりを丁寧に伸ばして形を整えていった。

姿見で全身をくまなく確認したあと、遥は和泉の名を呼ぶ。

「和泉さん。終わりました」

「入るぞ」

すぐに応じた和泉がこちら側に入り、最終調整に入る。

慣れた手つきで遥の浴衣をあちこち整えたあと、仕上げに用意されたものに遥は目を見張った。

「それはもしかして、兵児帯《へこおび》ですか？」

「ああ。少女の希望だったらしい」

空気を含んだ軽やかな布地が、ふわりと腰元に渡される。

柔らかでどこか幻想的にも映る兵児帯は、遥自身子どものころに浴衣で用いて胸を弾ませた記憶があった。色合いが様々に織り交ぜられたデザインのそれは、和泉の手により大きな花の形に整えられていく。

「兵児帯は昨年と同じものをと彼女が希望していたそうだ。今年もこの帯がいいと」

「そうでしたか……ありがとうございます、和泉さん」

「俺は自分の仕事をしただけだ」

素っ気なく告げられた言葉にも、遥は浮かぶ笑みを隠しきれなかった。

先日、物置小屋で垣間見た彼女の生前のひと時は、可能な限り拝ミ座の二人にも伝えていた。それだけに留まらず、残り僅かな締め切りまでにさらに細かく調べ上げ、少女の母親の友人にまで会いにいってくれていた。

和泉はあらゆる手を用いて、今日の衣装を完璧に近づけてくれたのだ。

「和泉、遥ちゃん、そっち行くよー……わあ。いいねえ遥ちゃん。すごくよく似合ってる」

「あ、ありがとうございます」

「顔動かしてんじゃねえよ。前向け前」

「あっ、すみません！」

いつもどおり飄々とした笑みを浮かべた雅も、いつの間にかまといが変わっていた。

灰色の着物姿に、肩に掛けられた紺色の羽織。この世を彷徨う亡き者たちを導く、劇団拝ミ座団長の最正装。

目にするたびに、きゅっと身が引き締まる思いがする。

「これで終いだ」

「はい」

和泉の言葉に、姿見を真っ直ぐ見据える。

整えられた髪の一ヶ所に向けて、牡丹のかんざしが静かに差し込まれた。

「和泉、準備は終えた？」

「ああ。いつでもいい」

「雅さん。私もいつでも問題ありません」

「よしきた」

あとのことは、きっとまた二人から伝聞してもらうことになるのだろう。

その内容が、かつて命を落とした彼女の笑顔に繋がっていることを、切に願う。

「それじゃあ劇団拝ミ座、今日も仕事を始めようか」

◇◇◇

「拝ミ座さんは、いったい何をするつもりなんだろう」

邸宅の門前まで揃って出たあと、甥の辰男が怪訝な様子で声を潜める。

着替えを終えた秀昭は、辰男とともに邸宅の門前で待つように雅に言いつかっていた。

手渡された金属製の蝋燭立てに揺らめく、蝋燭の火。その火が消えたときに、再び邸宅に入ってきてほしい、と。

「きっとよきに取り計らってくれているんだよ。何も心配はいらないさ」

この屋敷の心霊現象が解消する。それはすなわち、少女の霊が空へ逝くことを意味するのだろう。

彼女にとってもそれはよいことに違いない。いつまでも現状維持を決め込んで、自分の勝手でここに居続けてもらうわけにはいかないのだ。

「あ、伯父さん、蝋燭が」

我に返った矢先、目の前の蝋燭の火がふっと消えた。蝋燭の先から、名残惜しむような煙が細く上がる。

さあ、向かうとしようか。数十年前から続く片想いの終止符を打ちに。

「伯父さん」

「ん？」

「今着てる浴衣……すごく似合ってるよ」

「……ああ。ありがとう」

潤みを目尻に溜めている甥の頭を、ぐしゃぐしゃと無造作に撫でる。こんなふうにじゃれ合うのも、思えば何年ぶりだろう。

心臓が、にわかに騒ぎはじめるのを感じる。

玄関口の引き戸に手を触れ、普段よりもゆっくりと開いていった。

中の照明はいつの間にか消えていた。傍らの靴棚に手にしていた蝋燭台を置き、ひとまず履き物を脇に寄せる。

「電気、つけてもいいのかな」

「どうだろうなあ」

言ってはみるものの、この暗がりの中を六十代の目で動き回るのは少しばかり厳しい。

すぐ近くにある照明のスイッチに手を伸ばし、カチッと指先に力を込める。

が、何故か廊下の照明はつかないままだった。

「あれ？　伯父さん、電気つかない？」

「ああ、もしかしたらブレーカーが……」

玄関口で話し込んでいた、そのときだった。続く廊下の先に、小さく床を踏みしめる音が響く。その音の主を見つめ、秀昭は大きく目を剥いた。

大広間の雪見障子から届く月明かり。

その淡い白濁に照らされていたのは、一人の女性だった。

藍色の生地に赤色の牡丹が咲いた、美しい浴衣に身を包んでいる。裾から覗く手や足首は月の精を思わせるような白だった。

艶やかな黒髪が耳下部分にまとめられ、右側から覗くのは牡丹の花を模した可愛らしい髪飾りだ。

「君、は……」

「もう。待ちくたびれちゃったよ、ヒデちゃん」

ヒデちゃん。

自分をそう呼んだのは、後にも先にも彼女だけだった。

月が雲に隠されたのか、一瞬彼女の姿が暗い闇に閉ざされる。慌てて一歩前に踏み出した秀昭だったが、次の瞬間には彼女の姿は忽然と消えていた。

「え……え!? 伯父さん、今のって」

「しっ! 辰男、静かに」

すぐさま口元に指を立てた秀昭に、辰男も慌てて口を閉ざす。

耳を澄ませると、幼子のような笑い声が微かに届く。先ほど目にした成人女性の姿とはやや食い違いを覚える、無邪気な声色だ。

「わたしのこと、見つけてね」

「あ……」

「知ってるでしょう? わたし、ヒデちゃんとのかくれんぼが一番大好きなんだよ!」

気づいたときには、秀昭は駆け出していた。

すると不思議なことに、闇の中に浮かび上がる住み慣れた空間が、徐々に年数を遡っていくように感じられる。

まだ、あの子が生きていたときのこの家に。

まだ、あの子への想いを自覚することのできなかった——自分自身に。

「ここか?」

客間のふすまの一つを、勢いよく開ける。

しんと静まったその部屋には、覚えのない客人用の布団一式が無造作に広げられていた。

その光景にしばらく呆気に取られたあと、またかと大きくため息を吐く。

家に秀昭の親たちがいないときに限り、彼女はあの手この手を使っては秀昭の目を欺く罠を仕掛けていた。布団一式なんてまだいいほうで、ときには書庫の書籍で壁を作ったりするものだから秀昭はいつもハラハラしていた。

『だいじょうぶ、だいじょうぶ。だって、あとでヒデちゃんも一緒にもとに戻してくれるでしょ？』

「……いや、出した君がきちんと片付けてよ」

自然と口をついた台詞は、そんな彼女の奇行を目にするたび口にしていたものだ。

良家に生まれ育ち、親からの言いつけを何の疑問もなく守ってきた秀昭にとって、彼女の弾むような好奇心はひどく眩しかった。

それに気づいたのは、その光をなくしたあとだった。

「布団の中は……やっぱりいないか」

念のため床の布団の中も律儀に確かめたあと、秀昭は別室のふすまを開け放つ。

その後も彼女が仕掛けたらしい様々な罠をかいくぐり、徐々に選択肢は狭まっていった。

それにしても、先ほどの人影は本当に彼女のものだったのだろうか。

自分の中で確信を抱いてはいるものの、疑問に思うことはいくつかある。

まず、彼女が亡くなったのは八歳のときだったはずだ。それなのに、先ほど目にした彼女の姿は、どう見ても成年に達した女性だった。

次に、どうして今になって自分の目の前に出てこようと思ったのか。

それこそ数十年間もともに同じ屋敷に身を寄せていて、ただの一度も現れなかった彼女なのに、いったい何故。

「客間は全部見た。手洗い場も風呂場も台所も。あとは……」

独りごちながら、秀昭の足はぴたりとある部屋の前で止まった。

そこは、邸宅の奥にひっそり設えられた物置部屋だ。

彼女はこの部屋に隠れるのが好きだった。中のものを自由自在に積み上げて、即席の壁を作って自分の身を隠すのだ。

「ここに、いるのか？」

扉に手を掛けながら、秀昭は静かに問いかける。

開かれた先は自分でも見慣れた木製の棚だ。それでも、明らかに何かの手が加えられたような気がしてならない。

どきん、どきん、どきん。こんなふうに心臓が存在を主張するような感覚は、いつぶりのことだろう。

自分は、この部屋がこのかくれんぼの終着点だとわかっていたのかもしれない。だからこそ他の部屋をくまなく探ってきたのだ。

このかくれんぼを、少しでも長く続けるために。

「ここにいるのはわかってるぞ」

本当は、自分が八歳の夏にも、彼女をこうして探したかった。

彼女を永遠に失うことを知っていたならば、熱に浮かされた重い身体を引きずってでもこの邸宅に戻ったのに。

「いったいどこに……、あっ」

室内の違和感の正体に気づいた。床に置かれていた木箱の類いが、よく見ると階段状に並べられていたのだ。

秀昭の視線が、自ずと天井へ向かう。すると並んだ天井板の一部に、細く入った光の線が見えた。

屋根裏部屋？　こんなところに？

五十五年住んでいて初めて知った事実に、秀昭の胸が歓喜に沸く。

並べられた木箱へ慎重に足を掛け、先ほどの天井板をそっと持ち上げる。そこに広がるのは、大人が動き回るにはかなり狭いが、子どもならば隠れ部屋に最適な空間だった。

辺りを見回し、徐々に暗闇に目が慣れてきた、そのときだった。

きし、と何かがきしむ音が届いたかと思うと、背中に誰かの温もりが飛び込んでくる。腹部分に回された腕は、藍色の浴衣生地をまとっていた。

「へへ。やっと……やっと探し出してくれたね。待ちくたびれちゃったよ」

「サト、ちゃん……」

「うん。久しぶりだね……、わっ！」

振り返った秀昭は、思考もまとまらないままに彼女を抱きしめた。

ちゃんとこの腕の中にいる。ぎゅっと腕を回した身体はやはり大人の女性の姿だが、そんなことは些末なことだ。

里子だった。何十年も昔に死に別れ、もう二度と会えないはずの彼女だ。間違いない。だって日だまりの匂いがする。

「サトちゃん……サトちゃん」

「ヒデちゃん」

「あの日はごめん。花火大会の約束、俺、守れなくて……」

「もー。そんな何十年前のことを、このわたしがネチネチ恨んでると思ってるの？」

「そ、そういうわけじゃっ」

心外だというような言葉につられ、秀昭が慌てて彼女の肩を押し戻した。

そして、改めて目にしたその面差しに小さく目を見張る。

目の前の女性は、幼い当時の里子の面影がよく残っていた。しかし、やはり大人になることで加わった女性らしい類付きや淑やかな眼差しに、思わず見惚れてしまう。

「それにね。あの日わたしが出掛けたあと、ヒデちゃんのお母さんからわたしの家に電話で事情を伝えてもらってたの。私のお母さん、そのことを知らせるためにこの屋敷まで来たんだけど、わたし、咄嗟に門の陰に隠れちゃったんだ。だからお母さんにも、諦めて一人でお祭りに行ったんだろうって勘違いさせちゃったみたい」

「そう、だったんだ」

「あれは不幸な事故だよ。そりゃこんな美人さんになるまで、もっともっと生きたかったけどさ。誰のせいでもないよ。ヒデちゃんのせいでもない」

「……サトちゃんは、優しいな」

「へへ、そうかなあ」

「サトちゃんはいつもそうやって、俺のことを元気づけようとしてくれたよね」

静かに告げた言葉に、里子の瞳が見張られた。

この屋敷に越してきて以降、秀昭はなかなか周囲にうまく馴染めずにいた。それを笑顔で橋渡ししてくれたのが里子だった。

「たくさんたくさん、もらってばかりだったのに。俺は、サトちゃんに何も返すことができなかったなあ……」

気づけば、頬に熱いものが伝っていた。

数十年間溜め込んでいたものすべてが決壊するように、涙が止めどなく流れていく。

「もう。本当にばかだなあ、ヒデちゃんは」

濡れた頬に、里子の指先が触れる。

ごしごしと涙を拭っていく手つきにかつての記憶が呼び起こされ、また泣きたくなった。

「もらうとか返すとか、そういうふうに考えちゃうのはヒデちゃんらしいけれど。大人になっても変わらないねえ」

「……？　それは、どういう」

「あ。いけないヒデちゃん。もう始まってる！」

秀昭の手を握り、里子は狭い屋根裏を進んでいく。辿り着いた先の壁を手慣れた様子で押し込むと、外に通じる長方形の穴がぽっかりと開いた。

同時に、遠くのほうからドン、と大きい音が響く。

「あ……」

濃紺に染まっていた夏の夜空に、美しい大輪の花が咲く。

段階を踏んで大きく開かれた花火の光が、屋根裏に佇む秀昭と里子を明るく照らした。

「わあ！　思ったよりも近い！　きれいだねえ！」

「……うん。きれいだ」

この邸宅から、こんなに美しい花火を見られたのか。

数十年ここに暮らしながら、秀昭は初めてそのことを知った。

「ヒデちゃん、あれからずっと、夏祭りを避けてきたんでしょう」

ドン、ドンと音が繰り返される中、里子は微笑みを浮かべながら言った。

「本当、そういうところはとことん律儀だよねえ。こんなにきれいな花火なのに、もったいないなあ」

「だって、俺はサトちゃんと見たかったから」

ぽろりと口からこぼれた言葉だった。

目の前に次々咲き誇る花火の美しさが、秀昭の背を押したのかもしれない。

「俺、本当はサトちゃんのことが好きだった。当時は子どもでなかなか気づけなかったけれど、サトちゃんがいなくなって、初めてそのことに気づいた」

「ヒデちゃん……」

「でもそのせいで、優しいサトちゃんを長い間、この家に留め置いてしまったんだね」

今度は秀昭から、里子の手をそっと繋ぐ。

繋いだ手は一回り小さくて、指先が僅かに冷たい。その手に自分の温もりが徐々に移っていく感覚が、どうしようもなく嬉しかった。

「ごめんね。サトちゃんは情けない俺のことが心配で、ずっとずっとこの家で見守ってくれていたんだよね。でも、もう俺のことは」

「違う！」

努めて笑顔で告げようとした言葉を、里子の叫びがかき消す。

そのまま勢いよく飛び込んできた里子によって、秀昭は堪えきれず後方に倒れ込んだ。屋根裏の板は存外堅く、尻餅をついた衝撃が腰に鈍く響く。

「っ、い、いたた……」

「違うよ。違う。ヒデちゃんは優しい優しい言ってるけれど、わたし、本当はそんなにお人好しじゃない」

「サトちゃん？」

「わたしがヒデちゃんのそばにいたかっただけ。わたしが、自分の意志で、ヒデちゃんのことを見守りたかっただけだもん……！」

秀昭の胸元に顔を埋めた里子は、声を微かに震わせた。

「だってヒデちゃん、底なしにお人好しなのに、自分のすごさにとことん鈍感なんだもん！　人のいいところばかり見つけて、周りのみんなから憧れられてることにも気づかないで……っ」

「あ、憧れ？」

「わたしだって、そうだよ」

ゆっくり持ち上げられた里子の顔は、思った以上に近かった。時折花火の明かりに彩られる面差しは美しく、秀昭は目を奪われる。

ドン、ドン。花火の音が、遠くに聞こえる。

「ヒデちゃん、前に教えてくれたでしょ。牡丹の花言葉は、『高貴』『王者の風格』『人見知り』なんだって。それを聞いてわたし、嬉しかった。だってその花言葉、まるでヒデちゃんを表したようなんだもん。わたしの大好きな花は、わたしの大好きな人だったんだなあってわかって、すごくすごく嬉しかったの」

「え？」

「わたしはね、ヒデちゃん。初恋の人のことが気になって仕方がなくて、ただのわがままでこの家に居座っていただけなんだよ？」

じわりと目尻に膨れた涙が、頬に一筋の光を描く。

「もう。本当にヒデちゃんは、おばかだなあ……っ」

「っ、サトちゃん……」

涙に、そっと秀昭の指が触れる。そのまま頬を包んだ手に、里子が嬉しそうに自分の手を添えた。

「わたしもね、最後にヒデちゃんと、こんなふうに花火を見たかったんだ。嬉しいなあ。ずっとずっと願っていた夢が叶うなんて」

「……うん。俺もだよ」

サトちゃんと花火を見ることができて、最高に幸せだ。

寄り添った二人は、そのまま夜空を彩る花火を見つめていた。

花火の儚い、しかし目が覚めるように美しい光が、今だけは永遠のように思われた。

◇◇◇

「それじゃあ、あの屋敷の売却のお話はなくなったんですか？」

夏祭りの日から数日後。

劇団拝ミ座まで足を運んだ辰男の話に、ともに立ち会った遥は思わず身を乗り出した。

「ええ。もとはその話から拝ミ座さんにご厄介になりましたので、ご報告しなければと思いまして」

「では、秀昭さんが引き続きあの屋敷にお住まいに？」

「はい。とはいえ建物の老朽化も進んでいますので、屋敷全体をリフォームすることにしたんです。伯父一人でも過ごしやすいように、リノベーションも兼ねまして」

「そうですか。きっと秀昭さんも喜んでいらっしゃるでしょうね」

「はい。それもこれも拝ミ座さんのおかげです。本当にありがとうございました」

深く頭を下げた辰男に、雅と遥も頭を下げる。

夏祭りのあの日、遥の身体を借りた里子は、とても幸せそうな顔で空へ向かったらしい。

例によって遥が意識を取り戻したときは拝ミ座の床についており、その後秀昭と顔を合わせる機会はなかった。

それでもきっと秀昭も、彼女と同じ幸せを胸に宿すことができたのではないかと思う。

「それから、遥さん。伯父が、あなたにこちらを是非受け取っていただきたいと」

そう言って辰男が鞄から取り出したのは、白い和紙で作られた長方形の箱だった。

辰男に促され、遥はそっと箱の蓋に手を伸ばす。中に佇んでいたものを目にし、はっと息を呑んだ。

本体部分は黒と金の波線が施され、その先には美しい赤色の牡丹の飾りがついている。

それは間違いなく、里子のかんざしだった。

「伯父貴の初恋の相手の形見だそうです。よければ、遥さんに是非と」

「で、でも。そんな大切なものをよろしいんですか？」

「今回のこと、伯父は遥さんにとても感謝していました。あなたのおかげで、長い間胸の奥に仕舞っていた想いとようやく向き合うことができた。初恋の相手も今回お世話になったあなたに、是非渡したいと言っていた——と」

里子ちゃんも？

口に出かけたその名をそっと呑み込み、遥は再び目の前の贈り物に視線を落とした。

牡丹の花が象られたかんざし。

そっと手を触れてみても、里子の想いはもう流れ込んでこなかった。それは嬉しいようで、どこか切ない。

「ありがとうございます。大切に、大切にしますね」

熱いものがこみ上げるのを感じながら、頭を下げる。

その感謝の言葉が、秀昭と里子の二人に届きますようにと切に祈った。


「雅さん。お茶、入りましたよ」

「ありがとう、遥ちゃん」

辰男が拝ミ座をあとにし、二人は向かい合うようにして再び座布団に腰を下ろす。

お茶で喉を潤したあと、遥は円卓に置いていたかんざしをそっと手に取った。

牡丹のかんざしは、生前の里子が東堂家の門裏に誤って落としてしまっていたらしい。

その後霊体となって現れた里子は、想いの籠もったかんざしを胸に、密かに邸宅内に棲みついていたのだ。

「こんなに素敵なかんざしを贈られるなんて恐縮ですけれど、お二人からの感謝の気持ちが籠められていて、とても嬉しいです」

「うん。今回の依頼解決も、遥ちゃんの心根の優しさがあってこそだったからね」

そう言うと、雅はおもむろに座布団から腰を上げ、遥の後ろに座り直した。

「雅さん？」

「貸してみて。かんざし、髪に挿してあげる」

「あ……、はい」

言われるままにかんざしを手渡し、遥は鏡台の前に向き直った。

雅の指がそっと遥の髪に触れる。優しい指櫛で髪をとかれる感覚に、徐々に気恥ずかしさがこみ上げてきた。喜びのような緊張のような感情が入り交じって、心音がどきどきといたずらに駆け出していく。

鏡に映る自分の頬の色に気づき、ますます鼓動が逸る。

雅に、気づかれてはいないだろうか。

「あ、あの。雅さん」

「うん？」

「雅さんの心根も……優しいですよ。とても」

遥の髪をとく手が、動きを止める。

「唐突にごめんなさい。でもどうしても、伝えておきたくて」

「……」

「雅さんは、卑怯な人なんかじゃありません。困っている人を放っておけなくて、助けるために一生懸命になることができる……優しい人です」

ずっと引っかかっていた。雅が自身を明確に卑下した、「卑怯者」というあの言葉のことが。

出逢って間もない遥には、雅の告げるところの本質はきっとわかっていないのだろう。それでも、空に向かえず困惑する人たちに手を差し伸べることは、決意の浅い親切心では決してできないことだ。

「はは。ごめんね。前に俺が妙なことを言ったから、心配掛けちゃったかな」

「そ、そういうわけでは」

「ありがとう遥ちゃん。でも俺の優しさは、そういう純粋な優しさとは違うんだ」

「え……」

「そういうのは全部置いてきちゃったんだ。十歳のときに」

鏡越しに見た雅の瞳には、薄暗い影がかかっていた。

遥はそれ以上言葉が続けられず、見たことのない雅の面差しをただ見つめる。

いつも太陽のようにきらきら輝いている。そんな彼が、当たり前のことのように思っていた。

「……って、何話してるんだろ。遥ちゃんはただ、俺を励ましてくれただけなのにね」

一瞬目を見張った雅は、すぐにぱっと顔を上げ笑みを浮かべる。

「はい、できたよ。見てみて」

「あ……」

促された遥が、鏡に映った自分に視線を移す。

髪はいつの間にか綺麗に後頭部でまとめられ、里子と秀昭から贈られた牡丹のかんざしがこっそりと姿を見せるように差し込まれていた。

「ん。よく似合ってる」

「……雅さん」

「うん？」

「っ……」

無力な自分が情けない。

雅がいつも人のために身を粉にしていることは知っている。和泉も、きっと今まで彼と関わり合ってきた依頼人の全員がそうだ。それなのに、肝心の本人だけがそのことに気づいていない。

先ほど雅は、十歳のときと言った。遥には到底手出しなどできはしない、遠い遠い過去のとき。

そのとき、いったい雅に何があったというのだろう。

「遥ちゃん？　どうしたの……」

歪んだ視界の中で、雅がこちらを見つめているのがわかる。

ほら。こんなときにまで、彼の優しさを感じている。

「遥ちゃん……泣かないで」

頬を伝う熱い感触が、雅の指先にそっとせき止められる。

牡丹のかんざしで結われた髪を崩さないように、遥の身体は雅の抱擁に優しく包まれていた。

# 第四幕　背中合わせの双子羽織に祈りを

肌を焼くような日差しが眩しい夏。

劇団拝ミ座の屋敷には、身体を大の字にして動かない男の姿があった。

「うー……暑い。干からびる。溶けるー……」

「雅さん、大丈夫ですか？　ちゃんと水分をとってくださいね？」

「大丈夫だよー……遥ちゃんが入れてくれた美味しくて冷たい緑茶、ちゃんと飲んでるからねー……」

半袖に麻生地のスカート姿の遥がキッチンから声をかけると、雅の声が力なく届く。

どうやら拝ミ座の団長は、夏の暑さに弱いらしい。

真夏の外回りの仕事を終えて帰宅した雅は、遥が出した緑茶を呷ったあと広間に倒れ込んだ。クーラーの風を一番に浴びられる場所を確保したきり、必要最低限の動きしか見せずにいる。

それはまるで遊び疲れた夏休みの子どものようで、遥は小さく笑みを浮かべた。

「おい雅。無駄にでかい図体を転がしてんじゃねぇよ」

作業部屋から現れた和泉は、広間に転がる雅を嫌そうに一瞥した。

とはいえやはり和泉も夏の暑さには抗えないらしく、ぐいっと手の甲でこめかみの汗を拭い去る。

「わー……和泉、今日もいい汗滴ってるねえ」

「うるせえよ。これ以上不快指数を上げさせるな。口塞がれたくなけりゃ黙ってろ」

「わー……世の女性たちが聞いたら思わず歓喜に沸いちゃいそうな台詞、いただいちゃいました一……」

「……新人。こいつの処理をどうにかしろ」

「あの、雅さん、雅さん？　大丈夫ですか？　お気を確かにっ！」

次第にぽやぽや意識が遠のいていく様子の雅に、和泉は呆れ、遥は慌てて濡れタオルを用意した。

外では凜とした、でもどこか飄々とした美丈夫で通っている雅だが、この暑さの中でそのイメージを保てているのかは少々疑問だった。

保冷剤を包んだ濡れタオルを身体のあちこちに置いた雅は、どうやら浅い眠りに入ったらしい。

そんな様子をため息交じりに見遣った和泉が、静かに口を開いた。

「新人。今日の郵便物は何もなかったか」

「はい。今朝とお昼ご飯過ぎに確認しましたが、いつもの朝刊以外は特に何もありませんでした」

「そうか」

八月に入って以降、こういった郵便物の確認が、和泉から繰り返しされるようになっていた。あまりに連日問われるので、遥も屋敷で仕事をする日には意識的に郵便受けを確認するようにしている。

「和泉さん。その、最近、どなたかからのお手紙を待っていらっしゃるんですか？」

和泉用の冷たい緑茶を準備しながら、遥は思い切って尋ねてみる。

不躾な質問かもしれないが、和泉の性格だ。答えたくなければ躊躇なくそう言ってくれるだろう。

「前にも話したことがある、こいつの幼馴染みからの手紙だ。俺宛じゃあなくこいつ宛だがな」

意外にもあっさり答えてくれた和泉は、「こいつ」と言いながら足元に転がる雅を見下ろした。

「雅さんの幼馴染み……あっ、『葉月さん』ですね？」

「よく覚えてんな」

感心したような顔でグラスを受け取った和泉が、礼を言うなり緑茶を喉に流し込んだ。

「毎年盆の時期にこいつが田舎に帰る話はしただろう。ただ呑気に帰るだけじゃなく、そこには霊能力者のお役目が待っている。その詳細を事前に伝えるための手紙が、毎年この時期に届く」

「霊能力者のお役目、ですか？」

雅の生まれ故郷の村には昔から霊能力を持つ者が多く生まれ、周囲からも「霊能の村」と称されていることは聞いている。

もしかするとその「お役目」も、村に古くから伝わる習わしなのだろうか。

「ごく稀にお役目不要の年もあるがな。その場合はその場合で連絡があるはずだが」

「あったよー。手紙」

思いがけない声に、遥と和泉が顔を見合わせる。

そして二人の視線はすぐさま、やはり足元に寝転んだままの雅のほうへ向けられた。

「今帰ってきたとき、郵便受けに入ってた。白い封筒ということは、今年は通常どおりのお役目ってことだねえ。頑張らなくっちゃ」

閉ざされていたまぶたはゆるりと開かれ、その手にはどこから取り出したのか白い封筒がひらひら揺れている。

「この手紙のことより、和泉は自分の仕事のほうが重要でしょ。葉月から頼まれた着物の直しは、もう終わったの？」

「それはもう一昨日に送ってる。それに俺の仕事は、わざわざ自分の身を危険に差し出すほどのもんじゃあねえからな」

「えっ」

和泉の言葉に、遥は思わず声を漏らす。

霊能力者に託されるお役目ならば、通常業務の負担とは異なるだろうと予想はしていた。しかしどうやら、遥の見積もりは甘いものだったらしい。思えば、いつもならば他人の事情に口出ししない和泉が、ここまで明確に気にするほどなのだ。

「雅さん。田舎でのお役目というのは、そんなに大変なことなんですか？」

床に両膝をついた遥は、慌てて雅に問いかける。

「大変は大変だけど、大丈夫だよ。現にほら、去年も一昨年もこうして無事に帰ってきてるでしょ？」

「それはそうですけれど……」

にっこり笑った雅は「よいしょ」と転がっていた上体を起こす。円卓の緑茶で喉を潤し、再び遥と視線を重ねた。

「それに今年からは、遥ちゃんとの約束もあるからね」

「え？」

「俺がいなくなったら、誰が遥ちゃんを守るのさ」

言いながら差し出された雅の手が、遥の頬に小さく触れる。

目を大きく見開いた遥に何を思ったのか、雅は早々に手を下ろした。

「だから心配しないで。俺は必ず、この拝ミ座に戻ってくるから」

「……はい。絶対ですよ」

「うん。和泉も、俺のことが大好きなのは知ってるけれど、らしくない心配はしなくていいからね」

「誰のことが何だって？」

心底嫌そうに顔をしかめた和泉は、早々に作業部屋へと戻っていく。ようやく逆上せた状態から脱出できたらしい雅もまた、汗の処理をするために浴室へ身を移した。

自分も冷茶で涼もうと腰を下ろした遥は、円卓に置かれたままの手紙と目が合う。

白い無地の封筒。

毎年雅の故郷から届く、霊能力者のお役目を告げる手紙。

内容がまったく気にならないわけではない。それでも遥は、努めて手紙から意識を引き離した。

雅には雅の、遥には到底知り得ない過去がある。それにいたずらに触れることは許されない。

それに雅はちゃんと言ってくれたではないか。必ず拝ミ座に戻ってくると。

「約束、しましたからね」

心によぎる不安を払拭するように、遥はぽつりと独りごちた。

拝ミ座の盆休みは、もうすぐそこまで迫っている。


八月十三日。

灼熱という表現がふさわしい、日差しが容赦なく照りつける猛暑日だった。

「ふう……、た、ただいまあ……」

かき消えそうな声で帰宅の挨拶をする。

手荷物を玄関先に置くと、遥はよろよろと自室のベッドにダイブした。

「暑かった……干からびた……溶けちゃいそうだった……」

まるでいつぞやの雇い主のような言葉を並べながら、遥はベッド脇のリモコンに手を伸ばす。ぽちりとスイッチを押すと、エアコンがすぐさま涼しい風を届けてくれた。文明の利器さまさまだ。本当に有り難い。

「ひとまず、水を飲もう。荷物もちゃんと片付けないと」

少し元気が戻ってきた遥は、水を一杯飲み干したあと手荷物をテーブルまで運んだ。

出て行くときよりも明らかに増えた荷物は、実家から持たされた惣菜やお菓子の山だ。

「おじいちゃんもおばあちゃんも、この水ようかんがすごく好きだったなあ」

今日は、午前から小清水家の墓参りへ向かっていた。

同じ都内に暮らしている両親と最寄りの駅で合流し、先祖が眠る墓に揃って手を合わせる。お供え物としていつも母が用意するのが、祖父母の家の近所に古くからある和菓子店の水ようかんだった。

カップの封を開き、小さなスプーンでそっと口に頬張る。

優しく舌を擦る食感とともに、餡の控えめな甘さが追ってくる。祖父母の家での記憶が自然と蘇る味わいに、遥は思わず表情を緩めた。

「おじいちゃんもおばあちゃんも、今ごろ空の上で食べてくれてるかな」

ふふ、と笑みを浮かべた遥だったが、不意に前日の雅の姿が頭によぎった。

『それじゃあ遥ちゃん、また、お盆明けにね』

「雅さんはもう、自分の田舎に帰っているのかな」

ベッド脇に置いたカレンダーを見遣る。

今日は八月十三日。劇団拝ミ座の夏休みは、今日から十七日にかけての五日間だ。

今の時刻は――午後一時過ぎ。

「少しだけ顔を見せるだけなら……迷惑にならない、よね？」

誰に尋ねるわけでもなく、「ね？」と幾度か繰り返す。

そして簡単に身なりを整えたあと、遥は再び灼熱の外へと飛び出した。


「お、おじゃましまーす……」

劇団拝ミ座の屋敷は、雅の自宅という側面もある。

いつでも使って良いと言われている合鍵を、休日に使ったのはこれが初めてだった。

劇団拝ミ座の扉を開けたが、玄関に靴の姿はない。

一応声をかけつつ中に入る。玄関を上がってすぐの広間にも、奥の客間や台所にも、人の気配はなかった。

やはり、もう発ったあとのようだ。

肩を落とした遥が、手にしてきた紙袋に目を留める。訪問の口実に持ってきてしまった、祖父母の好物の和菓子だ。

「はあ。おじいちゃん、おばあちゃん、口実にしてしまってごめんなさい……」

「誰が何だって？」

「ひゃあああっ⁉」

突然耳に触れた低い声に、思わず声を上げてしまう。

振り返った先に立つ長身の人影に、遥は大きく目を見張った。

「い、い、和泉さん！　いらっしゃったんですか……！」

「あー。仕上げたい服があったんでな。お前は何の用だ、不法侵入者」

「不法侵入者じゃありませんっ！　雅さんの許可もいただいていますし……ね？　違いますよね？」

「知るか。俺に聞くな」

休日の今日も、和泉は奥の作業部屋に籠もって服の制作を進めていたらしい。もともと白い肌が今はほんのり青く、食事もろくにとっていないことが窺えた。相変わらず一人になった途端、不健康生活まっしぐらだ。

「ちょ、待っていてください和泉さん。今何か、適当に食べられるものを作りますから」

「別にいい。それよりお前は何を」

「別によくありません！　倒れたらドレスも浴衣も、何も作れなくなるんですからね！　四の五の言わず、ここに座って待っていてください！」

「……」

「ちゃんと食事をとったあとなら、この水ようかんを食べてもいいですから！」

「……わかった」

どうやら納得してくれたらしい。この数ヶ月でわかったこと。彼は和菓子に弱いのだ。

和泉が素直に居間に腰を下ろしたのを確認し、遥はありあわせで手早く一人分の食事を作り上げた。炊飯器が空だったので、残っていた食パンで作ったフレンチトーストに夏野菜のサラダ、そして目玉焼きだ。

用意できた料理一式は、和泉が自ら円卓まで運んでいった。よしよし、いい子だ。

「いただきます」

「はい。どうぞ」

手を合わせたあと、和泉は黙々と食事を平らげていく。

その姿に安堵しつつ、遥は改めて辺りを見回した。和泉以外の人物の影は、やはりここには見られなかった。

居間と隣り合わせの部屋は、雅と遥の作業机がある部屋になっている。いつもはそこに掛けてある紺色の羽織も、当然姿を消していた。

「あいつなら、午前に出たぞ」

表情を変えないまま和泉は告げた。

「あれの田舎は遠路だからな。昨晩には支度を済ませて、朝出発した」

「そ、そうでしたか」

「気になったのか」

「……はい」

遥は素直に頷く。

「和泉さんは、きっとご存じなんですよね。雅さんの田舎のこととか、お役目のこととか、色んなことを」

「あいつとの付き合いも長いからな」

「そうですか……いいなあ」

ぽつりとこぼれた言葉に、和泉のフォークの動きが止まった。いじけたような声を出してしまい、遥は慌ててかぶりを振る。

「すみません、変なことを言ってしまって。ただ、お二人の絆が羨ましいなあと思って。私はまだ雅さんについて知らないことばかりですから。何か雅さんの力になりたくても、できないことばかりで」

「……似た者同士ってやつか」

「え？」

「新人。お前明日、何か予定は」

唐突に尋ねられたことに、遥は目を瞬かせた。

「いえ特には。お墓参りも先ほど終えて、あとの夏休みは特に予定はありません」

「なら、明日行ってきたらどうだ。あいつの村に」

「へ」

「楽しいだけの旅にはならねえだろうがな。お前にその覚悟があるなら、俺が手助けしてやってもいい」

用意した食事を平らげた和泉が、手を合わせたあと真っ直ぐこちらを見据えた。

「行くか行かないか。今ここでお前が決めろ。遥」


タタン、タタン。タタン、タタン。

軽快な音を立てながら流れていく、緑豊かな田園風景。

拝ミ座に引き籠もっていた和泉から、思いがけない提案を受けた翌日。大きな荷物を足元に置いた遥は、電車の窓の向こう側をのんびりと眺めていた。

路線を乗り継ぎ続けて三本目。手にしたメモ書きによれば、これが最後の公共交通機関らしい。一車両のみで運行している電車はレトロな造りで、今の乗客は遥のみだった。

細く開けられた窓からは心地のいい風が流れ、遥の頬を優しく撫でる。

『あいつの家は、代々村一の霊能力者が生まれる家系だったらしい』

じわりと脳裏によぎったのは、昨日拝ミ座で聞いた和泉の話だった。

『だが、霊能力の生業が元であいつの家族が亡くなった。一人になったあいつは村を出て、遠戚のもとで育てられた』

『そう、だったんですか。雅さんが……』

それでも、この盆時期になると、雅は決まって村に帰るのだという。その地に生まれた霊能力者としてのお役目を果たすために。

『お役目というのは、いったい何なんでしょうか』

『あいつの村では毎年この時期に、冥道に繋がる穴が開く。それを探り当て、悪霊の侵入を防ぐため夜長寝ずの番をする。そして何より』

一度間を置いたあと、和泉は微かに眉を寄せて口を開いた。

『その役目を果たしたあとのあいつは、いつも決まってひどい顔をして帰ってくる。それこそ、うっかり自分の魂を置いてきたんじゃねえかと思うほどのな』

「雅さん……」

呟いた名前は、電車が駆けていく音に紛れ霧散する。彼に届くわけではないが、それでも呟かずにはいられなかった。

自分に何ができるのかも、雅の役に立てるのかもわからない。

しかし、和泉に問われたときに咄嗟に口に出たのだ。

『行きます』と。

「暑いなあ」

さわさわと涼しげな森のさざめきとは裏腹に、電車に差し込む日差しはまだまだ強さを緩めない。

間もなく停まる駅名が、電車内にのんびりと響いた。

深い森に囲まれた盆地にあるその村は、人々の生活の至る所に溢れんばかりの自然が寄り添っている。

「わあ……」

駅からしばらく歩いた遥は、徐々に視界に広がってきた人と村の風景に声を漏らした。

家屋も商店も古い歴史が感じられる風合いの木造が主で、初対面の遥の訪問を快く歓迎してくれる温かさがあった。

「あらあ、お嬢さんもしかして一人旅のかた？」

「もしかして電車でわざわざ来たの？　疲れたでしょう。ほらほら。このお茶今キンキンに冷えてるから！　飲んでいって！　お代はいいからいいから！」

「わ、あ、ありがとうございます……！」

商店前に立っていたエプロン姿の女性から、紙コップに注がれたお茶を渡される。

「わ……美味しい。とてもとても美味しいです！」

この一帯は水が美味しいことで知られており、茶葉も地元産のものらしい。あまりに遥が絶賛するので、気をよくした女性に色々と話を聞くことができた。

「へえ！　じゃあお嬢さん、あの御護守のお坊ちゃんのご友人なの!?」

会話の流れで口にした雅の名に、女性はひときわ大きな声を上げた。

「はい。おばさん、雅さんのことをご存じなんですね」

「この村で御護守のご家族を知らない人間なんていないわよー！　高御堂《たかみどう》家と並んで、この村を長く支えていらっしゃる家系なんだから！」

高御堂家。それはもしかして、雅の幼馴染みの家系だろうか。

雅はこの村の人にとても好かれているようだ。その後も続いた会話にはらむ温かな好意に、遥も自然と顔が綻んだ。

「御護守のお坊ちゃんなら、きっと高御堂家の邸宅にお泊まりのはずよ。お嬢さんも道中お気を付けてね！」

「はい。ありがとうございました」

快活な笑顔で手を振る女性に別れを告げ、遥は再び歩き出す。

人々の朗らかな表情と、広がる自然豊かな町並み。さらりと髪を流していく清《さや》かな夏風にさえ、遥は胸がじんと満たされる心地がした。

「雅さんの生まれ故郷は、こんなに素敵なところだったんだな……、あれ？」

民家が少し途切れた先の道で、遥は足を止める。

道にせり出しそうになるような深緑の木々が並ぶ中で、そこにだけ、細い獣道が延びていた。最初は気のせいかと思われたその細道が、凝視するうちに不思議とはっきりと明確な道になっていく。

あれ、何だろう。目が、離せなく――。

「それ以上見つめるな。意識を囚われるぞ」

妙な錯覚に陥っていく遥に、ふと何者かの声がかかる。

はっと我に返った遥の首元に、素早く何かが這い動く心地がした。

「ひゃっ！　あ、あなたは……！」

「お主、そのお人好しな性分も相変わらずのようだな」

至近距離から告げられた無愛想な言葉とともに、にゃう、と愛らしい声が続く。

遥の首元に巻き付くように降り立ったのは、二股の尾をなびかせた白黒のブチ猫だった。

以前にはなかった首輪には、金色の鈴が付けられている。里子の霊を探し出す際、雅が用いていたものとよく似た鈴だ。

「どうやらわらわを視認できているようだな。この鈴に掛けられた術の効果か」

「ぶーちゃんさん……ですよね？」

「覚えていたか。殊勝なおなごだな」

「何か妙な呼び名になっているが、まあいいだろう」と付け加えた猫又に、遥はぱあっと表情を明るくする。

　以前の依頼で出逢った、猫又のぶーちゃん。確か雅からは、あのとき起こしてしまった事件を踏まえ、しかるべきところで指導を受けることになると聞いていた。

「どうしてぶーちゃんさんがここに？　まさか、刑務所的な場所から脱走したなんてことは……」

「馬鹿かお主は。自らの罪を償うのは当然のこと。ゆめゆめ脱走などという情けない行為をわらわが選ぶわけがあるまい」

　猫又が語ることには、雅の言う「しかるべきところ」がこの村にあるのだという。全国各地にも似た場所があるそうだが、中でも随一の収容数を誇るのが、古くから霊能の村とされるこの村なのだ。

「わあ。じゃあ、もう無事に刑期を終えられたんですね？」

「刑期……まあいい。正確には解放までの段階が変わった。その一環で、とある人間からお主の案内役をするよう命じられたのだ」

「とある人間、ですか」

　それはもしかしたら、雅のことだろうか。わかりやすく不本意そうに告げた猫又が、丸い瞳を遥に向ける。

「この村であまり右往左往するな。ただでさえ今は盆の時期。お主のような者はあやかしや霊どもにも狙われやすい」

「わかりました。ご忠告ありがとうございます、ぶーちゃんさん」

「わかればよい。では道草せずに行くぞ」

どうやら猫又には、遥の目的地も筒抜けらしい。

再び見えてきた人家の並びに、徐々に人の姿も目立ってくる。

やがて通りの向こうを通せんぼするように見えてきたのは、目を見張るほどの日本家屋の大豪邸だった。いや。下手をすると小さなお城のようにも見える。

まさか。いやまさか。近づいていくごとに、頭の中でその言葉が繰り返される。

そして予想に違わず、その門前で猫又の歩みは止まった。

「え、ええっと。ぶーちゃんさん、この建物がええっと……?」

「おーおー。意外と早かったなあ、拝ミ座のお嬢ちゃん」

どこか豪胆な声とともに、目の前の門がゆっくりと開かれる。

石畳の長い道。その先にそびえる豪邸を背に、一人の男が立っていた。

雅や和泉を優に超すであろう長身に加え、あちこちが筋張っている体躯の良さ。若々しい黒の短髪と小麦色の肌が印象的で、快活な笑みを浮かべる口元には白い八重歯が覗いている。

何より意志の強そうな目元が、じいっと隈なく遥を凝視した。

「あ、あ、あの」

「ああ、まずは自己紹介だな。俺はこの家の現当主、高御堂葉月だ」

「あ、あなたが、葉月さん！」

以前話題に上がっていた名前を、遥は思わず口に出す。

雅と兄弟のように育ち、今も親交のある幼馴染み。雅をこの地に呼ぶため、あの手紙を送った張本人でもあった。

「あんたが最近雅の拝ミ座に加わったお嬢ちゃん……小清水遥、といったか」

「えっ、どうして私の名前を？」

「昨日、拝ミ座の和泉から連絡を受けた。あんたがウチを訪ねてくるだろうから、世話を頼むってな」

「和泉さん……」

わざわざそんな連絡を入れてくれていたのか、と素直に驚く。そんな心境を見透かしたように、葉月は肩を揺らしながらくつくつと笑った。

「あいつも素直じゃないところがあるからなー。珍しい頼まれごとだ。きっちり世話をさせてもらわねえとな」

「わっ」

にかっと笑みを浮かべた葉月が、遥のキャリーバッグをひょいと肩に担ぐ。まるで小型のボストンバッグを肩に掛けるような仕草に、遥は目を丸くした。

「あの、結構です。自分の荷物は自分で運びますのでっ」

「いいからいいから。ここまでの道中長かっただろー？　別に取って食いはしねーから、大人しくそこの案内役の猫ちゃんでも撫でて甘えとけって」

猫ちゃんと称された猫又は、不服そうにジト目で葉月を見遣る。

「もしかして、ぶーちゃんさんをわざわざ私のもとに遣わせてくださったのも、葉月さんなんですか？」

「そーいうこと。あんたが少しばかり見えざる者に好かれやすいっていうのは、幼馴染みから聞いてたんでね」

幼馴染み。その単語に、遥の胸がどくんと打ち付ける。

「雅に会いに来たんだろう？　あいつは今、俺んちの離れの部屋にいる」


「遥ちゃん？」

広い屋敷内を抜け、庭先に設けられた立派な離れ家。

そこで遥を出迎えたのは、敷き布団の中で読み物をする寝間着姿の雅だった。

「み、雅さん。その、お久しぶりですっ」

一昨日まで一緒に働いていたのだから、久しくもなんともない。

それでも、そんな突っ込みを忘れるほどに雅は驚いている様子だった。

「遥ちゃんがどうしてこんなところに……もしかして、俺がいないうちに何かトラブルでもあった？　悪い霊に取り憑かれて、こんな辺鄙なところまで来る羽目になったとか？」

「おいおーい。仮にも自分の故郷でしょうよ。もっと慈しんでくれますかね雅サン」

遥の背後から、家主の葉月の呆れ声が届く。遥もすかさず首を横に振った。

「違います！　その、実は昨日、和泉さんに雅さんの故郷のお話を聞きまして。私、残りの休みも特に予定がないままだったので、せっかくの機会だし、雅さんの生まれ故郷に遠出してみようかなあーなんて思ってしまって……ははは」

笑いがひくついているのが、自分でもよくわかる。

電車に揺られながら何度も繰り返していた、雅に対面したときの言い訳。それは、いざ自分の耳で聞いてもなんとも信憑性の低い、でまかせ感満載なものだった。

視線を伏せ冷や汗を掻いていると、雅が手にしていた本をぱたんと閉じる音がする。

「遥ちゃん」

「は、はいっ」

「それってつまり……昨日、遥ちゃんと和泉が一緒だったってこと？」

「はいっ、……へ？」

息を吸うように肯定をした遥は、少しの間を置いて目を瞬かせる。

恐る恐る顔を上げると、にっこりと笑みを浮かべた雅がいた。しかしその背後には、何やらマグマのように熱い怒りが見える。気がする。

ああ、やはり、帰省中の突撃は常識がなさすぎた。

「と、突然押しかけてしまって、本当にすみません！　でも私、雅さんのことがどうしても気になってしまって……！」

「……俺のこと？」

「だって雅さん、ここ数日なんだか様子が変で。いつもどおり笑ってくれていても、心は別のところを見ている気がして」

両手の指を絡め、ぎゅうっと力を込める。

不安だった。心配だった。雅がこのまま、自分の前から消えてしまうような気がした。

熱い激情がこみ上げてくるのを感じながら、遥は雅の布団の脇にそっと膝をつく。

「私、雅さんの力になりたいんです。何ができるのかはわかりません。でも、私にできることなら何でもします……！」

遥の誓いのような声は、園庭で囲まれた離れ家に淡くこだました。

さわさわと辺りの木々を揺らす風の音が、しばらく室内を満たす。

「遥ちゃん」

「はい」

「ほんと……君って子は」

呆れられてしまっただろうか。小さく肩を揺らした遥だったが、ふと頭に降りてきた温かな感触に気づく。雅の、大きな手のひらだった。

「せっかくの夏休みなのに、俺のことを心配してわざわざ来てくれたんだね」

「あ……」

「さっきは、不機嫌な声を出してごめん。ありがとう。すごく嬉しい」

白の寝間着を身にまとった雅は、そう言って優しく笑った。


雅の泊まる離れ家から本館へ案内された遥は、美しい庭園の見える客間へ通されていた。遠くに見える山際に、紅蓮の夕焼けがじわじわと溶けていく。

気づけば着物姿の女性たちが次々と運んでくる料理の山に、遥はただただ目を丸くした。御膳は三人分。しかも並んだ料理は、高級料亭の会席料理と見まがうほどだ。

突然押しかけた身の遥は当然固辞したが、口達者な二人にあっさり言いくるめられた。

「もう夕飯どきだしなあ。遥ちゃんだって、こんなド田舎に来るには時間も体力も使っただろ？」

「葉月の家は昔から旅館も営んでいてね。料理もとても美味しいよ」

「……はい。本当にありがとうございます。いただきます」

深く頭を下げたあと、遥は漆塗りの箸を取り小鉢に手を付けた。

口に寄せるだけで鼻腔をくすぐる煮物の香りに、遥の食欲が一気に刺激される。

「わあ、美味しいです！　山芋がほくほくして、とっても優しい味わいですね」

「でしょう。ここは内陸だから海の幸はないけれど、農業は昔から盛んでね。この煮付け、お浸し、野菜の天ぷら、白米、川魚も新鮮なものばかりで美味しいよ」

「雅さんの故郷の味ですね。知ることができて嬉しいです」

自然とこぼれる微笑みとともに、食事を進めていった。

食材本来の味を引き出すような優しい味付けが、疲れた身体にじんわりと沁みてくる。

落ち着いた御膳の彩りは、この故郷の村の魅力を穏やかに語りかけてくるかのようだ。

「帰省中の雅さんは、毎年葉月さんのご自宅に宿泊していたんですね」

「ああ。こいつは幼馴染みで昔から家族ぐるみの付き合いだからな。見てのとおり、部屋も余らせるほどある」

「確かに……まるで戦国時代のお城のようですもんね」

「ははっ、それはまた大きく出たなあ」

本気で言ったつもりだったが、葉月には冗談に聞こえたらしい。

「あの、雅さん。体調は本当に大丈夫なんですか？」

「大丈夫だよ。さっきだって、大事をとって床についていただけで、別に体調に問題はなかったんだから」

にっこり笑顔を見せる雅だったが、先ほど離れ家で垣間見た顔色は普段よりさらに白く見えた。もしかするとこれも、件の「お役目」による影響なのだろうか。

「心配いらねーよ遥ちゃん。本当に無茶するようなら、家主の俺が責任持って布団の中にぶち込んでやるから」

心配に眉を下げる遥に、呑気に答えた葉月がもりもりと目の前の食事を平らげていく。

「とはいえあまり自分の体力を過信すんなよ、雅。今年のお前の『役処《やくどころ》』も例年と比べて負荷が大きいことは、手紙でも伝えてただろ？」

「わかってる。だからこうして夕暮れ時まで休息を取っていたでしょ？」

「ま、これ以上横になってちゃ逆に夜に支障が出るか」

気安げに語り合う葉月と雅を、遥はそっと見比べる。

昔からの付き合いがあるからか、葉月に見せる雅の表情はどこか幼い。劇団拝ミ座の長としてのそれとは異なる姿に、胸の奥が温かくなるのを感じた。

「雅さんと葉月さんは、本当に兄弟のような間柄なんですね」

「お、わかる？　俺のほうが一つ上だから、俺が兄、雅が弟ってところだな」

「葉月が本当の兄貴だったら、逆にここまで仲良くしてなかったと思うけどね」

「おいおい。お前もすっかり、優《ゆう》そっくりな憎まれ口を吐くようになったよな」

「……優さん、ですか？」

さらりと出された人物の名を、何の気なしに口にする。

そのとき、客間の空気が一瞬動きを止めた。

雅と葉月の視線が素早く交わされる。口を開いたのは、雅のほうだった。

「遥ちゃんにはまだ話してなかったね。優っていうのは、俺の双子の姉だよ」

「雅さんのお姉さん……」

「うん。十歳のときに霊能騒動に巻き込まれて、亡くなったんだ」

穏やかな口調で語られることに、遥ははっと目を見張る。

雅の家族が他界していることは、和泉から伝え聞いていた。

その中には、双子の姉も含まれていたのか。

「優は霊能の力も天下一品でなあ。こいつと顔も似ていて、相当の別嬪だった。今生きていりゃあ間違いなく、あいつがこの村を治めていただろうなあ」

「そうだったんですか……すごい方だったんですね」

「うん。優は俺の自慢の姉だよ」

当然のように告げる雅は、嬉しそうに微笑んだ。

「俺ら三人は年も家も近かったから、よく遅くまで一緒に遊んでたんだ。この村は遊び回れる場所も多いからね」

「そんでよく大人たちに怒られていたっけなあ。霊能力の高い三人がつるんでるから、妙な現象にもしょっちゅう巻き込まれてよ」

「ふふ。その力もあって、葉月さんが今の村の頭領に選ばれたんですね？」

「いんや。純粋に力だけで言えば、俺よりも雅のほうが数段強いさ」

言いながら、葉月は焼き魚を慣れた手つきで食べ進めていく。

「こいつが村を出るって話が出たときも、それはもう揉めたんだ。なんならウチの養子になる話も出たりしてな。でもこいつときたら、みんなに迷惑を掛けるわけにはいかないの一点張りでよ」

「村の頭領になるために必要なのは、単に霊能力の強さだけじゃないでしょ。何より、自分自身に霊を下ろすことができない半端者に、そんな役職は不相応だからね」

「……まだ、戻らねえのか？」

え、と声が出そうになった。

まだ戻らない。今の葉月の言葉は、いったいどういう意味だろう。

「うん。でもまあ、悪いことばかりじゃあないよ。それがなかったら今の仕事を立ち上げなかったし、和泉や遥ちゃんにも出逢うことはなかった」

「っ……」

ふわりと柔らかな微笑みで見つめられ、胸の奥がぎゅっと切なくなる。

雅にとって、自分との出逢いが幸運に振り分けられていること自体は、素直に嬉しい。

それでも、雅がこの村で経験したたくさんの人との別れを帳消しにするには、あまりに荷が重すぎた。

「心配いらねーよ、遥ちゃん」

「えっ」

「こいつの顔色は、前回と比べて幾分か良さそうに見える」

「おかげさまでね」

じっと見合っていた二人が、同じタイミングでふっと微笑む。

そんな二人のやりとりを、遥はただ静かに見守っていた。


食事を終えたあと。

雅は自分が泊まる離れ家へ戻り、遥は向かい隣のもう一つの離れ家へと案内された。急な来客にもかかわらず寝床まで用意してもらった遥は、繰り返し葉月に礼を言う。

「それで。雅と遥ちゃんは、結局どういう関係なんだ?」

そして放たれたのが、この質問だった。

「……へ？」

「雅の奴からは、被憑霊者として拝ミ座に協力してもらっているって聞いてるけどな。わざわざこんな辺鄙な村まで来るなんて、よっぽど強い意志がないと無理だろー。やっぱりあれか。雅の恋人か？」

「ち、ち、違いますっ！　雅さんの恋人だなんてそんなっ、畏れ多い！」

「へえ。そんなら遥ちゃん、あいつに片想い中？」

「……片想い……」

その単語を呟いたのち、遥の頬にじわりと熱が滲んだ。

片想い。この気持ちは、片想いなのだろうか。

雅のことは、出逢って間もないころから素敵な人だと思っていた。自分は決して持つことのない、大人の余裕とぶれない心の芯、そして美しさを持つ人。

でも今はそんな憧れだけではなく、ただ彼のそばにいたいと思う。

彼が心からの笑顔でいるために、自分にできる限りのことがしたいと。

「……あー、悪い。もしかして俺、余計なことを言ったか？」

「っ、葉月さん！」

「お？」

「このことは、雅さんにはどうか内密にお願いします。雅さんのことを、いたずらに困らせたくありませんから……っ」

頬に宿る熱をうまく冷ますことができないまま、遥は葉月に何度目かわからない頭を下げる。

雅がこの村に来たのは、年に一度の大切なお役目を果たすためだ。変な話を吹き込んで、雅の負担を増やすわけにはいかない。

何より自分は、劇団拝ミ座が好きなのだ。

雅や和泉に余計な気を遣わせて、今の空気を壊すようなことだけは避けたい。

「私は、今のままで幸せです。拝ミ座の仕事で誰かの役に立てることも、今までの私なら考えられないことでしたから」

「ああ、俺としてはそこも気になるところだな。霊を自分に下ろさせるなんて、なかなかの非日常だろう。怖くないのか？」

「覚悟の上です。それに雅さんが言ってくれましたから。私のことを、命を懸けても守ってくれると」

出逢ってまだ間もないときに、真っ直ぐ告げられたあの言葉。

もちろん、たとえ「何か」があったとして、実際雅に命を懸けてほしいだなんて思ってはいない。

それでもあの真摯な言葉が、今でも遥の心の支えになっている。

「だから私も、躊躇なくその人と一心同体になれるんです。その人の心と、真剣に向き合うことも」

「……」

「葉月さん？」

「一心同体、か。なるほどな」

独り言のように呟いた葉月は、そっとまぶたを閉ざす。しばらくして開かれた瞳は、今いる離れ家の床の間へと向けられた。

「あいつが言うとおり、遥ちゃんに出逢えたことは、雅にとっての僥倖だったのかもしれないな」

「え？」

「実はなあ遥ちゃん。今いるこの離れ家はもともと、雅の双子の姉の、優のために設えた部屋なんだ」

思いがけない話に、遥は目を見開く。

「雅がいつも泊まりに使うもう一つの離れ部屋とは、対になるように設計されている。ほら、建てられた場所も庭園を挟んで隣同士だろう？」

「確かに、そのとおりですね」

改めて内装を見てみると、先ほど見た雅の離れ家とは左右対称の設えになっている。それはまるで、合わせ鏡の中を覗いているようだった。

「まあ、結局この部屋に優が来ることはなかった。完成するよりも前に、優は死んじまったからな」

葉月の眼差しには、深い懐古の色が宿っていた。

ふすまに軽く寄りかかった葉月が、腕を組みながら空を見上げる。夕焼けはなりを潜め、紺色に滲んだ夜空が広がっていた。都内では見ることができないような細かな星が、数え切れないほどに溢れている。

「そのことを、雅は今でも悔いている。きっと二十年経った今でも、ずっと」

瞬間、夜空にひときわ明るい星が瞬いた気がした。

「雅は、自分のせいで姉が死んだと思っているのさ」


それは二十年前の初夏のことだったという。

優が幼いながらにその力を見込まれ、一週間ほど村の外へ出ていたときのことだ。

雅と葉月は、村はずれでとある小さな浮遊霊と出逢った。

自分の名前は忘れた、と彼は言った。当時の雅と葉月は、子どもながらに人一倍の霊能力を持っていたが、その浮遊霊から悪意は感じなかった。

どうやら彼は自分たちと同世代らしい。

空に逝く前に友達がほしい。ずっと床についたまま生きていたから。そう語る彼に、雅と葉月は期間限定の友人になることを決めた。

三人はすぐに打ち解けた。大人の目をかいくぐり育む友情は彼らを高揚させた。

もし霊能力のある大人がそのことを見知ったら、こう言っただろう。まだ子どものお前たちに、霊の善し悪しを判ずるのは難しい――と。

それから一週間後。優が村に帰還する予定だったその日に、事件は起こった。

「俺らが友人としていたその霊は、真実心の無垢な少年だった。しかし、村の周囲から密かに力を蓄えていた悪霊が、ある日彼に襲いかかり、力を取り込んだ。俺らと毎日過ごしたことで、彼にも霊能力の欠片が日に日に募っていたらしい」

予想以上の力を手に入れた悪霊は、雅と葉月を襲った。

そんな事態にいち早く気づいた優が、帰村直後の疲弊した状態ながらも二人を助けた。

そのとき負わされた呪詛の念が元で、優はこの世を去った。

「そのあと、遠戚のもとに行くことを決めた雅はこの村を出た。それからしばらくの空白はあったが、再び盆時期に帰村するようになってな。夜通しかけての、過酷なお役目を果たしてる」

「……」

「……遥ちゃん」

はらはらと頬を伝う遥の涙に、葉月はそっと眉を下げた。差し出されたハンカチを、震える指先でなんとか受け取る。

「なあ遥ちゃん。君が雅の仕事を手伝うきっかけは何だった？」

「……とある花嫁さんの生前の未練を解消するために、雅さんは花嫁に似た体格の女性を探していました。その後も、私が被憑依者として、雅さんの憑依のお手伝いをすることになって」

「雅はな、もともと自分に霊を憑依させることに関しては、優以上に長けていたんだよ」

思いがけない話に、遥は涙で濡れたままの目を見張る。

「でも二十年前の事件があって以降、自分に霊を下ろすことができなくなった」

自分自身に霊を憑依させることができなくなったことに気づいた雅は、早々に次期頭領の座を葉月に託した。

自分の霊能力の神髄と思われた力が、ごっそり削げ落ちていることを知ったためだ。そんな自分に、村を束ねる資格などない。

大切な姉さえ、救うことができなかったのだから。

月明かりと橙色のランタンの光が、高御堂家の玄関先を淡く照らす夜。

その引き戸を開いた先に立つ雅は、いつも以上に洗練された空気をまとっていた。

拝ミ座の仕事時にまとう紺色の羽織に灰色の着物姿が、この上なく凛と研ぎ澄まされて映る。そんな高貴とも思える佇まいに気圧されそうになりながらも、遥は石畳の道を小走りで近づいた。

「雅さん……！」

「遥ちゃん」

「よかった。部屋に行ってもいないから、どこに行ったのかと思ったよ」

「す、すみません。雅さんがそろそろ出掛けるころだと聞いたので、お見送りをしようと思ったんですが、少し迷ってしまって」

じっと覗き込んでくる視線に、遥は少し口調を速める。本当は、先ほど涙を流して赤らんだ目元を冷やすために、洗面台を借りていたのだ。

「はは。黙ってお役目に行っちゃうんじゃないかって、心配しちゃった？」

雅は、いつもどおり笑う。

先ほど止めたばかりの涙が再び滲みそうになったが、力一杯に堪えた。

「雅さん……」

「そんなに心配そうな顔をしないで。雅サンは結構強いってこと、遥ちゃんだってちゃんとわかってるでしょ？」

「……はい。わかっています」

雅は強い。それがわかっているからこそ、心配で堪らなくなる。

子どもが背負うにはあまりに重い過去を背負いながら、その辛さを人には決して見せることなく、いつも周囲の人々を救い続けている彼のことが。

「……参ったな。遥ちゃんにそんなふうに見つめられると、どうにも後ろ髪を引かれちゃうよ」

「す、すみません……！」

困ったように眉を下げる雅に気づき、遥は慌てて笑顔を見せた。今は余計な憂いごとまで、彼に負わせるときではない。

「もう、大丈夫です。私はここで、雅さんの帰りを待っていますね」

「ありがとう。それから」

差し伸べられた雅の手が、無意識に握られていた遥の右手をそっと持ち上げた。

思いがけず優しい温もりに触れ、徐々に拳の力が抜けていく。

「雅、さん？」

「お守り代わりのわがままを聞いてもらえるのなら……一つだけ」

そう言うと雅は、その上体をゆっくり屈めていく。

掬い上げた遥の手の甲をじっと見つめたあと、雅はその額を静かに触れさせた。

時折くすぐるように掠める長いまつげと指先に触れる熱い吐息に、遥の心臓が大きく音を鳴らす。

再び身体を起こした雅は、遥の手を恭しく元に戻した。様々な感情が胸の中に入り乱れ、遥の頬にはじわじわと熱が帯びていく。

「ありがとう。おかげで、すごく元気になった」

「っ、み、みや」

「遥ちゃんの瞳は、満天の星みたいだ」

混乱していた遥が、はっと息を呑む。目の前の彼が一瞬、泣きそうな顔に見えた。

「俺はちゃんと帰ってくるよ。だから遥ちゃんは安心して、俺の帰りを待ってて」

「……はい。信じていますね」

「うん」

頷いた雅が、肩に掛けた紺羽織をばさりと翻す。

傍らにはすでに、同じく木賊《とくさ》色の羽織を肩に掛けた葉月が待ち構えていた。よく見ると、門の外には他にも同じ装いの者たちが集っている。

「待っててくれてありがとう、葉月」

「はっ、このくらい待ってられる器量がなくちゃ、村の頭領なんてできやしないだろ」

「ん。感謝してる」

次の瞬間、辺り一帯に橙色の明かりが点く。

道の脇をゆらゆらと揺らめく蝋燭の火が、闇夜へ向かう雅たちを静かに見送った。

遠ざかる背にかける言葉を見いだせないまま、遥は心の中で繰り返し雅の無事を祈り続ける。

先ほどこの手に触れた、彼の温もりと息遣い。

それが夏の夜風に解けていかないように、遥はもう片方の手で覆い、大切に大切に握りしめていた。


「眠れないのか」

何度目かわからない寝返りを打っていた遥に、覚えのある声がかかる。

まぶたを開くと、月明かりを逆光にして一匹の猫又が枕元に佇んでいた。

「ぶーちゃんさん……いらっしゃったんですね」

「言ったであろう。あの葉月にお主の案内役を任じられていると。お主がまた、いつどこで妙な者たちに魅入られんともしれんからな」

「そうでしたね。ありがとうございます」

小さく笑い、遥は敷かれた布団からそっと抜け出した。静かに開いたふすまの向こうに、素晴らしい庭園を挟んでもう一棟の離れ家が見える。しかしそこには当然、明かりも人の気配もなかった。

「拝ミ座の術者が戻るのは明け方だ。今から待っていては体力が持たぬぞ」

「そうですよね。わかっているんですが……眠れなくて」

村全体を包み込む、盆の夜。

深い山と森で囲まれた集落に、この時期現れるという冥道へ続く穴の前で、雅たちは今もお役目を果たしている。

「雅さんたちが身を賭しているお役目は、具体的にどんなものなんでしょうか」

「噂に聞いた話では、この時期に開く冥道の穴は一つではないらしい。時期が近づくにつれて開く場所とその大きさが把握され、術者の能力に応じて穴を塞ぐ任務地が割り振られると」

「もしかして雅さんは、一番大きな冥道の穴を？」

猫又がさも当然というように頷く。

「冥道の穴は、いわば生者をあの世へ引きずり込む危険な空間の歪み。その処置を見誤ると命に関わる。あやつはその任を長年勤めているのだ。心配は無用であろう」

「そうですよね。ありがとうございます。ぶーちゃんさん」

先ほどの門前でのやりとりを、どうやら猫又も見聞きしていたらしい。不器用に織り込まれた優しさに微笑むと、猫又はふんとそっぽを向いた。

「わらわは寝るぞ。お主も意地を張らずに眠ることだ。そのほうが朝の訪れも早い」

「わかりました。おやすみなさい」

縁側から室内に戻った猫又は、遥の布団の脇に丸まり目を閉じる。

ふよふよと泳いでいた二股の尾が身体に沿うように置かれ、やがて規則的に横腹が小さく動きはじめた。

◇◇◇

山際に、淡い光が集まっていく。

先ほどまでのお役目を終えた雅は、ひとけのない明け方前の道を一人進んでいた。

これで二晩。残るは今夜の最終夜のみだ。

時折背中に走る痺れるような痛みに、思わず顔をしかめる。まだまだ修行が足らないな。

周囲の目がないのをいいことに、大仰な息を一つ吐いた。

辺りには、次第に朝の訪れを告げる陽の光が差し込みはじめる。

見えてきたのは、幼馴染みの自宅兼旅館。山と森から発せられる靄に包まれる姿は、まるで死後の審判場のようだ。

自分がその門をくぐるのは、いったいいつになるのだろう。

巨大な外門をくぐり抜け、石畳に続く玄関の引き戸を合鍵で開けた。

「……え？」

そこに佇んでいた者の姿に、雅は目を剥く。

もともと広く設えられた玄関脇には、寝間着姿の遥の姿があった。

抱えた膝に頭を乗せた体勢で、小さく寝息を立てている。その身体を毛布のように包み込んでいたのは、白黒のブチ模様が入った巨大な猫又だった。

「帰ったか。このおなごめ、気づけば離れ家を抜け出して、こんなところまで彷徨い歩いていたぞ」

細くまぶたを開けた猫又が、迷惑そうに吐き捨てる。

季節は夏とて、この村の明け方はそれなりに冷え込む。猫又は玄関脇で寝入ってしまった遥を起こすわけでもなく、温もりに包みながら付き合っていたらしい。

「遥ちゃんを守ってくれていたんだ。感謝するよ、ぶー太」

「わらわの名はぶー太ではない。それに、感謝ならこれに言うほうが先だろう」

「ん。そうだね」

昨日この村に彼女が現れたときは、夢か幻かと思った。

それと同時に気づいてしまった。彼女が現れることを、心のどこかで願っていた自分に。

この村に来る理由を忘れ、安易に幸福に浸ろうとした、自分に。

「起こすなよ。ずっと夢現の状態を繰り返していて、ようやく寝付いたところだ」

「わかってる」

差し出した手を、彼女の背中と膝裏にそっと回す。

振動が伝わらないように慎重に抱き上げた身体からは、優しい温もりが伝わった。自分の腕の中で小さく身をよじる様子に、思わず笑みがこぼれる。

これ以上、彼女に甘えるわけにはいかないのに。

「ただいま。遥ちゃん」

小さな声で、自身の帰還を告げる。

彼女が泊まる離れ家への廊下を、雅は心が解かれていく心地で進んでいった。

◇◇◇

『いい羽織だろう』

穏やかに笑う男と、年端もいかない子どもが佇んでいた。

陽の光が溢れる畳部屋。その中央の衣紋掛けには、二着の羽織が広げられている。

大きな一枚の画を思わせる美しさに、子どもは大きく目を見張った。

『色が違うね。どうして紺色と象牙色《ぞうげ》なの』

『朝と夜を表してみたんだ。いつまでも二人が、闇夜を迷わず進めるように。朝陽に安らぎを抱けるように』

『ふうん』

並んだ二着の羽織に、そっと触れる。

霊能力者を生業とする両親の羽織と揃いの、上質な良い生地だ。

『それにしても、お前たちが七歳で揃って初陣とはなあ』

『葉月だって八歳だからさほど変わらないよ。心配？』

『いんや。お前が決めた道ならば俺たちは見守るのみだ。ただ、お前たちはまだ若い』

ふすまの隙間から吹き抜ける風が、子どもの茶色がかった髪をさらりと揺らした。

『道を引き返したいと思ったときは、隠さずに父に言え。お前たちの人生はお前たちだけのものだからな』

『大丈夫だよ。私たち二人がそんなに我慢強いほうじゃないってことは、お父さんだって知ってるでしょ？』

『ははっ、違いないな！』

まるで太陽みたいに笑う父親の横で、子どもが再び目の前の羽織を見つめる。

恐らく自分は、今後この村を守っていく中心になる。この羽織は直しが施され、着丈も刺繍もどんどん広がりを見せていくだろう。

でも、もう一つの羽織は。

あの子が背負うことになるこの羽織は、願わくばこのままであってほしい。

あの子は——弟は、出逢う者すべてに心を寄せてしまう、優しい子だから。

◇◇◇

まぶたの裏から届く、明るい光を感じる。

徐々に覚醒してきた意識に倣い、遥はゆるゆるとまぶたを開いた。

今見ていた光景は夢だったらしい。まるで自分以外の誰かが紡いだ、温かいひと時の夢。

一瞬拝ミ座の一室かと思ったが、違う。そうだ、昨日は雅の故郷まで出向いて、寝床を貸してもらったのだ。

布団に横たわっている。自分はいったいいつ、この部屋に戻ってきたのだろう。

「へっ」

身をよじりながら横を向いたとき、妙な違和感に気づいた。

左手に触れる柔らかな感触と、何かに軽くぶつかるような衝撃。

次の瞬間、視界に飛び込んできた人物の存在に、遥は大きく息を呑んだ。

「っ、み、雅さん……？」

遥が寝転がる隣には、雅が並ぶように横になっていた。

お役目でまとう大切な紺羽織は遥に掛け、自分は掛け布団もないまま畳の上で寝入っている。長いまつげは完全に伏せられ、微かな寝息が聞こえていた。

雅の寝顔を見るのは、今回が初めてではない。それでも今こんなに動揺してしまっているのは、自分の想いを自覚してしまったからだろうか。

二人の手が繋がれていることにようやく気づき、遥の顔の熱はさらに高まった。

「おーい。もう起きてるか？　入ってもいいかー？」

「は、葉月さんっ」

がばりと上体を起こすと、ふすま越しに大きな体躯の人影が見える。

慌てて繋がれた手を解き了承すると、葉月が快活な笑顔で入ってきた。

「あー、やっぱ雅はまだ寝てるか。仕方ねえなあ」

「あの、葉月さん。どうして雅さんはここに？」

「猫又から聞いた話だと、玄関で寝付いていた遥ちゃんを、戻った雅が部屋に運んだらしいな。きっとそのまま雅も寝落ちしたんだろう」

言われて初めて、昨夜の出来事がまざまざと頭に蘇る。

どうせ眠れないのなら、雅が帰ってくるまで玄関で待とう。そう考えての行動だったが、結果として疲れ果てている雅に自分を運ばせてしまったらしい。

「もう……私ってば、いったい何をしてるんでしょう……」

「それだけ雅が心配だったってことだろ。誰も呆れちゃいないさ」

そう言うと、葉月はいまだに寝入っている幼馴染みを覗き込む。

じいっと様子を窺ったあと、小さく息を吐いた。安堵のため息に聞こえた。

「葉月さんも、昨夜はお役目があったんですよね？　お休みしていなくても大丈夫なんですか？」

「ありがとう。でもそんな心配しなくても平気だ。雅がいつも請け負っている難所に比べりゃあな」

「葉月さん。一つ、聞いてもいいですか」

雅が眠りについていることを確認したのち、遥は切り出した。その声色の微細な変化に、葉月も気づいたようだった。

「どうぞ。なんなりと」

「葉月さんも雅さんも、お二人とも村を代表するほどの霊能力をお持ちなんですよね。それはつまり、葉月さんも雅さんのように、人に霊を下ろすことができるんでしょうか」

「ああ。そうだな」

「もしも雅さんが今もお姉さんのことを悔いているのなら……葉月さんのその力で、亡きお姉さんとお話しする機会を作ることはできないんでしょうか……！」

言わんとすることがわかったようで、葉月は顎をさする。すかさず、遥は言葉を重ねた。

「もしよければ、私が被憑依者になってもいいんです！　葉月さんの力で霊を下ろすことができれば、きっと雅さんもお姉さんとゆっくり会話ができるんじゃ」

「それは無理だ」

必死な遥を押しとどめるように、葉月は断言した。

「この村から出た霊能力者には、かねてより掟があるんだ。如何なる理由があろうと、村の者の霊を、憑依の対象にしてはならない――と」

「それは……どうしてですか」

「生の限りを忘れないように」

静かに告げられた言葉に、遥は目を見張った。

「俺らのような霊能力者が多く生まれる集落だからこそ、むやみに縁者の霊を下ろしてはならない。それが横行しては、生死そのものを軽んじる危険性がある。だからこそ、俺たちの故郷は同村の者の憑依は行わない。悪霊に変化した場合の除霊は当然行うが」

「……」

「だから、優の未練の有無もその内容も、俺たちにはわからない。悪霊に身を落としたという報せのないことだけが、唯一の救いだな」

「そう、なんですね」

納得した一方で、遥はなんともいえない感情に拳を握る。

雅たちはいつも悩み苦しむ人たちを精一杯に救っている。しかし、自分自身を救うことは決して許されないのだ。

「優を亡くすきっかけを作ったのは、俺だって同じだ」

どこか寂しそうな面差しの葉月が、明瞭に言葉を紡ぐ。

「なのに一人で全部抱えようとしちまって。ほんと、困った幼馴染みだよ」

「葉月さん……」

「あ、そうそう。遥ちゃんの部屋に、戻しておくものがあったんだ」

そう言うと、葉月は廊下に置いていた何かに手を伸ばした。

美しい庭園から流れる風に揺れ、かさりと小さな音がする。見覚えのあるそのたとう紙に、遥は目を見張った。

「葉月さん、それは」

「一週間前に、和泉から戻されてきた着物だよ」

たとう紙を丁寧に広げていく。

中から現れたのは、美しい象牙色の着物だった。

広げられた着物は空気を軽く含まされたあと、床の間の衣紋掛けに掛けられる。

「この村の霊能力者は、初めて仕事に就いたそのときから、各々にこの羽織を託される。成長に合わせて直しが加えられ、徐々に着丈も刺繍模様も広がっていく。そして命を落とした者の羽織は、そのときの村の代表者のもとに大切に保管されるんだ」

「その直し作業を、和泉さんに？」

「ああ。こんな特殊な作業を頼めるのは、あいつを置いてそうはいないからな」

「雅さんと優さんの羽織……金糸の刺繍模様が、合わせ鏡のようになっているんですね」

以前、和泉の作業部屋で目にした刺繍の図案を思い出す。雅の羽織の刺繍図案だと確信を持てなかった理由を、遥はようやく理解した。

似て非なる、左右対称の模様。

あれは雅の羽織ではなく、双子の姉・優の羽織の刺繍図案だったのだ。

「葉月さんは……優さんが亡くなったあとも、こうして直しを加えていらっしゃったんですね」

「ただのエゴだよ。幼馴染みとして……親友として。弟と一緒に成長して、その行く末を見守ってもらいたいっていうな」

葉月の視線を辿り、遥も再び象牙色の羽織を見つめた。

昨夜の夢で垣間見た子ども用の着物よりも、着丈も模様も大きく広がっている。最愛の姉を亡くしたあとも、止めどなく流れていった日々。その長さを物語る変容に、何ともいえず心が痛む。

「ま。いつもならこの羽織は、村を一望できる最上階に飾っているんだけどなー。遥ちゃんの人となりもわかったことだし、今年は何となーく、この部屋に飾ったほうがいいかと思ってな！」

「？　そ、そうなんですか？」

唐突に何やら含みを持たせた葉月の言葉に、遥は目を瞬かせる。

「ああ、それからこれは、一昨日の電話で受けた和泉からの伝言だ」

「和泉さんから？」

「『この羽織を少しでも汚した場合は、お前が責任を持って綺麗に戻せ』だとさ」

「汚した場合……？」

和泉に似せたらしい顔真似を加えたあと、葉月がにっと笑う。

わざわざ言伝された言葉の意味が理解できず、遥は小さく首を傾げた。


その後、葉月に自室まで担がれ布団に身体を放り込まれても、雅は一向に目を覚まさなかった。

雅はお役目から戻ったら、七、八時間は何があろうと目が覚めない。床の間の衣紋掛けに雅の紺羽織を丁寧に掛けながら、葉月がどこか愉しげに話した。

身支度を済ませ用意された朝食を終えた遥は、一人大邸宅をあとにする。

頬を撫でる風は、森の奥から届いたことを知らせるような緑の薫りがした。

「おい。どこに行くつもりだ」

「ぶーちゃんさん」

いつの間にか後ろをついてきていた猫又に、遥はそっと微笑みかけた。

「あのまま部屋に籠もっていても仕方ありませんから。少しだけ村の皆さんにお話を聞けたらなあ、なんて」

「まさかお主、まだ何か妙なお節介を焼くつもりではあるまいな」

猫又は呆れた調子でため息を吐く。

「葉月も言っていたであろう。確かにお主は自身に憑依させる能力に優れているが、この村の出の術者が同郷の者を憑依させるのは禁忌だと」

「わかっています。なので、他に何か私にできることがないのかなあと」

「お主も大概頑固者だな」

「……ですね。私も、初めて知りました」

自分の唯一の能力を生かした策は、すでに潰えている。それでもまだ何か、自分にもできることがあるかもしれない。

そんな希望の光を、自分は知らずのうちに目にしたような気がしていた。

「それはそうと、昨日はありがとうございました。玄関で眠ってしまった私を、ずっと温めてくれていたんですよね」

「ふん」

「肩に乗りますか」

「乗らん」

文句を言いつつも遥の傍らを進む猫又は、やはり優しい。

知らずに笑みを浮かべていた遥は、再び目の前に広がる町並みに視線を向ける。

時刻は午前十時過ぎ。通りに並ぶ商店が開きはじめ、人々の賑わいも見えつつあった。

「まるで村全体が目を覚ましてきたみたいですね。天気もとても良いです」

「この村で今も眠っているのは、夜通し任にあたっていた術者らと赤子だけであろうな」

「そうですね。お役目は、本当に大変なお仕事なんでしょうね」

深い眠りについた雅の顔が頭をよぎる。目立った外傷はないようだったが、今まで以上に体力をすり減らしているのは容易に見てとれた。

ぎゅ、と胸が苦しくなる。

賑やかな人々の気配がいつしか遠のいていき、やがてさわさわと木々が葉を擦り合う音が届いた。

「……え？」

何かに、引き留められたような気がした。

そっと顔を持ち上げると、歩いてきた道の脇には溢れんばかりの木々が植わっている。人家の気配はなく、どこまでも深い緑が隙間なく続いていた。

しかしその中に唯一、遥の歩みを止めた先に一筋の地面が見え隠れしている。曲がりくねった道の奥から、誰かが、こちらに語りかける声が聞こえる——。

「遥！　止まれ！」

つんざくような呼び声に、はっと我に返る。

気づけば遥のスカートの裾が、足元の猫又に力一杯引かれていた。

「ご、ごめんなさい。今、私……？」

「また、物の怪の道に誘い込まれそうになっていた。見てみろ。もうあんなにお前を待ち焦がれている」

「え……」

吐き捨てるように告げた猫又に、遥は再度森を見遣る。

そこには、先ほどまで細い獣道だった箇所に、人が二人は優に通れる幅の道が拓かれていた。

「早くここを離れるぞ。お主は本当に好かれやすいおなごだな」

「は、はい。でも、いったいどうしてこんな」

「どうやら、想像以上に可愛らしい人が来てくれたみたいだね」

そよ風のように、耳馴染みのいい声だった。

駆け出しかけた歩みをぴたりと止め、遥は背後を振り返る。

「今の声は」

「遥、下がれ。迂闊に近寄るな」

猫又がすぐさま、遥の前に立ち塞がる。そんな二人の様子を、どこか嬉しそうに笑う気配が届いた。

「随分人間に心を許した猫又だね。安心していいよ。私はこの子やあなたに危害を加えたりはしない」

「信頼できんな。霊体はふとした拍子に白くも黒くも変わる。我らあやかしよりもよほど頼りなく不安定な存在だ」

「ふ。確かに否定はできない。でも、話くらいは聞いてもらえると嬉しいな」

「ぶーちゃんさん。私は大丈夫です」

毛を逆立てた猫又を、遥が控えめに制する。そして小さく深呼吸をしたあと、かき集めた勇気を胸に一歩踏み出した。

霊の姿は遥には見えない。それでも、声の主には覚えがあった。

幼いにもかかわらず凛とした落ち着きをまとう声。

明け方の夢の中で出逢った、あの人の声だ。

「今年もまた、雅はこの村に帰ってきたんだね。本当、あの子は律儀な子だ」

「雅さんは優しい人ですから。あなたと同じです」

「……ここに来てくれたのが、あなたでよかった」

霊視ができない遥の目に、透明色の子どもがふわりと微笑んだのがわかった。

「劇団拝ミ座の一員、小清水遥さん。あなたにご依頼したいことがあります」

昨夜と同じく日が完全に落ちきった、夜八時。

雅を含めた霊能力者の人々が、再び高御堂家邸宅前に集っていた。

「それじゃあ、行ってくるね。遥ちゃん」

「はい。雅さん、どうぞお気を付けて」

「……」

「……雅さん？」

玄関先から笑顔で見送ろうとする遥を、雅は何故か無言で見つめる。

「えっと。どうかされましたか」

「んー。何だろう。なんとなく、何かが引っかかるような」

顎を擦りながら、首を傾げた雅が近づいてくる。

小さく芽生えた動揺を悟られないよう、遥は心にそっと蓋をした。雅は聡い。こういった展開はすでに想定済みだ。

「なーんだろうなー。なーんか変な感じがするなー」

「えっと……それはもしかして、今から行く冥道の穴に、何か変化が？」

「そういうんじゃなくてねー。何かあった？　遥ちゃん」

直球な質問だった。

傍らに控えている葉月や他の霊能力者の人々も、思わぬ話の矛先に呆気に取られている。

「何か、というのは？」

「うーん。それを、聞いてるんだけどね」

「……何もありませんよ？」

「そうなの？」

「はい！　何もありません！」

まずい。ついつい力んでしまった。

笑顔の圧に屈してしまったことを内心悔やむが、今はこのまま押し切るしかない。

視線だけは逸らさずに応戦する遥に、降参したのは時間の迫った雅のほうだった。

「うん。それならいいや。でも無茶はしないようにね」

「大丈夫ですよ。私のことよりも、雅さんはお役目のことに集中してくださいね」

「それはまた、随分と難儀なことを言うね」

雅の手のひらが、そっと遥の頭を撫でる。

その温もりと垣間見える雅の優しい微笑みに、遥は胸がぎゅっと締めつけられた。

溢れ出しそうになった感情は言葉にならないまま、遥の喉元で静かに押し戻される。

「それじゃあ改めて、いってらっしゃい。雅さん」

「いってきます。待っててね。遥ちゃん」

待っててね。その言葉に対してほんの僅かに生まれた間に、気づく者はいただろうか。

「はい。雅さんの帰りを待っていますね」

にこりと笑みを浮かべた遥に、雅はそっと目を細め、背を向けた。

辺りに並んだ橙色の明かりに誘われるように、霊能力者たちは散り散りに村の奥深くへ消えていく。

その最後の人影が見えなくなるまで、遥は玄関先から動かなかった。細く長い息を吐いた遥が、徐々に膝を折りその場にしゃがみ込む。ああ、やっぱりままならない。

ごめんなさい雅さん。嘘をつきました。

あとで雅に怒られるかもしれない。でもそんな未来を迎えることができたならば、むしろ幸福だろう。

何故なら遥はもう、この旅館に戻らないかもしれないのだから。


道脇に灯されていた明かりは蝋が潰え、村は闇夜に沈んでいる。

そんな中で遥が訪れた場所は、日中も訪れた獣道の前だった。

時刻はとっぷり日が暮れた夜九時過ぎ。昼間に来たときとは風景も漂う空気もまったく異なっている。

「よし……では、行きましょうか」

「まさか本当に来るとはな」

「きゃっ!?」

暗闇から聞こえてきた何者かの声に、落ち着けたばかりの遥の心臓が大きく跳ねる。

それでも地面に軽々着地した小さな影を目にすると、思わず笑みがこぼれた。

「ぶーちゃんさん！　もしかして、私のことを心配してきてくれたんですか？」

「乗りかかった船だ。万一お主に何かあれば、わらわが葉月に懲罰を受けかねん」

「ぶーちゃんさん……ありがとうございます」

正直、一人でこの暗闇の森を進むのは、並々ならない覚悟が必要だった。

猫又の彼が一緒というだけで、思わず尻込みしそうになっていた自分を、改めて奮い立たせることができる。

「昼間交わした、件の約束を果たしに行くのだな」

「はい。そのつもりです」

「わらわは気が進まんがな」

ぽつりとこぼしたあと、猫又は静かに森に向かって歩き出す。小さな背中を見失わないよう、遥も早足で追いかけていった。

獣道は、遥たちを招き入れるようにじわじわと拓けていく。

そして辿り着いた先には、一棟の東屋があった。

ぽつんと佇むそれを取り囲むように木々は深く生い茂り、薄い雲に隠れていた月が徐々に辺りを照らし出す。

そこに浮かび上がった人影に、遥ははっと目を見張った。

東屋の中央の石畳の上で、紺の羽織をまとった雅が双眼を閉ざし座していた。

背筋はぴんと伸び、胡座を組んだ足元の上で両手を軽くかざしている。

そして、その眼前に浮かぶ黒くて大きな穴に、遥は悲鳴を押し殺した。

「み、雅さんの目の前に見える、あの黒い影は……？」

「あれが冥道の穴だ」

猫又の答えに、遥は思わず口元を手で覆った。

冥道の穴は想像以上の迫力で、雅の一回りも二回りも大きい。

空間を切り取ったように淀む穴からは、霊感のない遥の耳にも恨みや苦しみに満ちた声が遠く響いていた。

「冥道の穴のあんなに近くに……雅さん、大丈夫なんでしょうか。あの穴の中に引きずり込まれたりなんてことはありませんか」

長く伸びた草の陰から、思わず猫又に尋ねる。なにせ目前の大穴が、今にも東屋ごと雅を呑み込んでしまいそうな光景なのだ。

「そういうことも、当然なくはない。冥道の穴に棲む者の中には、生者への恨みに囚われている者も多いからな」

さっと血の気が引いた遥を見かねたように、猫又は大きくため息を吐いた。

「だからこそ、この大穴はあの術者に任されているのだろう。すべてはあの者の実力を見込んでの采配だ」

「そ、そうですよね……、あっ！」

ほっと胸を撫で下ろした瞬間だった。

双眼を閉ざした雅の羽織が風にはためくと、その背中に僅かに鮮血が滲んだ。目を剥いた遥だったが、雅自身は表情一つ変わらない。

「餓鬼《がき》だな。元より辺りに潜んでいた悪霊や下級妖怪どもも、こぞって日頃の憂さを晴らしに来たか」

苦虫を噛み潰したような表情で、猫又が口を開く。

「どういうことですか？　雅さん、今怪我をしていましたよね……っ？」

「あの者が掛けている術は、本来一人で完成する封術《ふうじゅつ》ではない。あれは、二人が背中合わせになることで完成する術だ。一人が冥道の穴を全霊力をもって封じ、もう一人が二人の身体に結界を張り、防御する。同等の力を持った二人の術者がいて初めて完成する、最上級の封術」

二人の術者。その言葉で真っ先に思い出されたのは、昼間目にした霊の姿だった。

雅は今も、自責の念を抱いたまま、人々のために役目を果たそうとしている。

だからこそ、本来二人で完成する術を用いて冥道の穴を塞いでいるのかもしれない。

「雅さんは今でも、優さんと一緒に村を守っているんですね」

「そうだよ」

ふわりと耳を撫でる、穏やかな声。

振り返ると、そこにはぼんやり靄がかかったような淡い光が漂っていた。

本来遥に視認できないはずの相手だが、雅から放たれている強い力の影響かもしれない。

「弟は、毎年こんな無茶をする。おかげでこちらも毎年ひやひやで、のんびり帰省もできやしない。まったく困った子でしょう」

「今夜は、昼間の約束を果たしに来ました」

夜は刻一刻と過ぎていく。風に吹かれるたびに羽織が吹き上がり、見計らったように雅は背に傷を負っていた。

これ以上、ただ黙って見ていることはできない。

「あなたの心は綺麗だね。あの子が惹かれるのもよくわかる」

白い光が、小さく頷いたような気がした。

「でもいいの？　あなたは霊を視ることができない。私が真実、あの子の姉という保証はどこにもない」

「ああ。まったくそのとおりだぞ、遥」

白い光にぎっと鋭い目つきを向け、猫又が遥の一歩前に出る。

「たとえこいつが偽者でなかったとしても、お主が無事でいられる保証はどこにもない。

今まで何事もなく無事に憑依を終えていたのは、拝ミ座の二人の力があったからだ。茶髪の術者が類まれな霊能力で憑依の最中も一切の警戒を怠らず、黒髪の縫製者が仕立てたまといは悪しき者からお主を守る鎧になっていた」

猫又に告げられた事実に、遥は小さく目を見開く。

万が一も起こらないように、拝ミ座の二人は遥のことを、いつも全身全霊で守ってくれていたのだ。

「……ぶーちゃんさんは、どう思いますか？　この方が、私を騙して何かよからぬことを企んでいる、悪い方に見えますか？」

遥の問いかけに、猫又は押し黙った。

それでも虚空を見つめる眼の鋭さは決して緩めない姿勢に、遥はふわりと笑みを見せる。

何が起こるのかはわからない。それでも、遥は信じたいと思った。

雅と絵合わせの羽織を背負ってきた、彼女の存在を。

「それに、拝ミ座の仲間からの後押しは、しっかりこの手に受け取っていますから」

そう言うと、遥は抱えていた鞄からあるものを取り出した。かさりと音を立てて現れたそれは、たとう紙に包まれた着物だ。

和泉から残された伝言。『この羽織を少しでも汚した場合は、お前が責任を持って綺麗に戻せ』。

彼女の霊と遭遇した直後、その言葉に込められた意味に、遥はようやく気づくことができた。

『この着物をまとうことを、今回は特別に許してやる』――と。

「優さん。あなたに、私の身体を貸し出します」

白い光が、淡く瞬く。

「だから、お願いします。私の身体で、どうか雅さんを守ってください！」

◇◇◇

この村で代々長となるべき霊能力を備えた家系の一つ、御護守家。

御護守家に生まれた双子の姉弟、優と雅。

その霊能力は幼いころから大人も目を見張るほどのもので、二人は揃って将来を期待されていた。

霊をあるべき空へ向かわせるための霊能力は、大きく分けて三つに分類される。

霊を祓う「滅却術」、霊を下ろす「憑依術」、霊を取り込む「融和術」。

殊この村の霊能力者は、憑依および融和を用いた除霊能力が抜きん出ていることで界隈では有名だ。術の力に差はあるものの、この村の大元の除霊方式は件の霊を自らに憑依・融和させ、この世への未練を語り聞くことで本人も納得の上で空へと向かわせる。

本来すべての除霊がこうあるべきだと、優は子どもながらに思っていた。無理にこの世から祓ってしまっては、霊たちが気の毒だと。

そしてそれが理想論であることにも、薄々気づいていたのだ。

『現時点では優の霊能力が、他の同世代と比べて一つ抜きん出ているなあ』

横にともに並んでいた雅は、まるで自分のことのように誇らしげに笑っている。村の長に告げられ、優はほっと胸を撫で下ろした。

これで、この子は無闇に心を傷つけないで済む。そう思ったからだ。

『たとえ一瞬のことだって、その人と一心同体になるんだ』

『もっと霊さんの気持ちを知って、理解して、笑顔でお別れができたらいいなあ』

そんなふうに話す雅は、他の誰よりも心が優しく繊細な子だ。

行き場をなくした霊に、寄り添いともに怒り涙し心を尽くす。それが報われるならそれが一番だろう。

しかし残酷なことに、その気持ちに報いる気が、ひと欠片も見られない霊もいる。

『優のことは、これからも俺と葉月が全力で支えるからね』

『うん。ありがとう、雅』

そんな、あってはならない『事故』を、これからも起こさないようにしなくては。

『優、大好きだよ』

『うん。私も、雅が大好き』

これからもずっとずっと、私がこの子を守る。

姉であるこの私が、亡くなったお父さんとお母さんの分まで。

『優……!!』

そう誓ったはずなのに。

結局私は、あの子に大きな十字架を背負わせてしまった。

◇◇◇

静かな漆黒の海に、ぽたりと温かい雫が落ちる感覚がした。

封術は神経を至高まで研ぎ澄まし、対象物に感覚のすべてを委ねなければならない。

きっと今ごろ自分の背中には、真っ赤な傷跡がいくつもつけられていることだろう。幸いなことに、今はその痛みも感じない。

じゃあ、これはいったい何だ?

背中に感じるのは痛みではなく、春風のようにふわりと柔らかな温もり。

紺羽織を介してほのかに感じるその正体を、雅は双眼を閉ざしながら探っていた。

霊体の仕業ではない。もしもそうならば今身を包んでいる霊気が看破している。霊でないのならば何だ。物の怪でもない。匂いが違う。

　まさか、人間？

「あーあ。本当、昔と変わらないねえ」

　すんでの所で、まぶたを開くところだった。

　しかし今双眼を開いては、冥道の穴を封じる術が無に帰してしまう。

　ぐっと改めてまぶたに力を込めた雅は、細く長い息を吐き心中の平穏を呼び戻した。

「相変わらず無茶して、怪我も平気でして、人のために身を挺して」

　ああ、間違えるはずはない。

　どこかのんびりと間延びした口調。この人に少しでも近づこうとして、無意識に真似てきた語り口調。

　でも、この声は──。

「……優……？」

「うん。だよ。久しぶりだねえ、雅」

　今度こそ、背中に隙間がないように一回り小さな背中が触れる。

　懐かしい感触だった。幼いころもよくこうして様々な術を鍛え上げてきたのだ。いつか二人で力を合わせて、大切な人たちの幸せを守るために。

「想像以上の色男になったたね。ということは、やっぱり私も生きていれば、かなりの美女になっていたのかなあ」

「自分で言うかなあ。優も本当、相変わらずだね」

「そうだねえ。私が死んでからこれまで、どうだった？」

酷なことを聞いてくる姉だ。小さく苦笑を漏らす。

「地獄のようだったよ。みんなが優しくしてくれればくれるほど、心が剥がれ落ちていくみたいだった。村にいることもできなくなって、結局俺は、あとのことを葉月に押しつけて村を出た」

「うん。その辺の事情はなんとなく聞いてるよ。こうして毎年帰っていたからね」

ふふ、とどこか嬉しそうに語る優は、やはり強い。

背中合わせになった術はその力が倍近くに膨れ上がり、見る間に自分にかかっていた負荷が軽減された。

背中に感じていた僅かな衝撃も、今は感じない。これを好機とみて集った悪霊やあやかしたちは、優が軒並み排除しているのだろう。

「私が知りたいのは、それからあとの話。村を出た弟が劇団拝ミ座を立ち上げて、再びこの村に顔を出すようになった理由《わけ》とかね」

「そうだなあ。また、誰かを救いたいと思ったからかな」

村を出た直後は、もう二度と霊能力を使わないと決めていた。

その使い方を見誤ったために、大切な姉は命を落とした。

自分にはもうそれを使う資格などないのだ。そう思っていた。

「でも、引っ越した先でもたくさんの出逢いがあった。同じように霊能力を持って生まれた和泉や、どうか力を貸してほしいと願うたくさんの霊たち。たくさんの出逢いの中で、自分がこの力を持って生まれたことに、やっぱり意味はあるんだって思えた。そのことから、目を逸らし続けてはいられないと」

人を守るために、強くなりたい。もう二度とあんな無力感に身を落とさないように。

自分のためかもしれないが、それでもいいのだ。

空に帰る霊の穏やかな笑みを見るたび、雅の心の傷は温かく癒えていく気がした。

「だから、この村のお役目にも復帰した。一発殴られるかと思ったけれど、葉月も村の人もみんな俺を受け容れてくれたよ」

「葉月はチャラそうに見えるけど、いい奴だからね」

「うん。いい奴だ」

ふふ、と笑みが漏れたのは同じタイミングだった。ここに葉月がいたのなら、「さすが双子」とにやつくところだろう。

「それにしても何だろう。今年はなんだか、雅が変わった気がするね」

「そう思う？」

「うん。思う。去年までの雅は、自己犠牲の精神が強すぎてねえ。ちょっと見ていられなかったから」

「はは、そんなにひどかったかな」

笑って返すも、反応はない。こちらからの答えを待っているということか。

「ある人と、約束をしたからかな」

「約束？」

「うん。拝ミ座の仲間になってくれた、小清水遥ちゃん」

瞬間、触れ合っていた背中がほんの僅かに揺れた。

雅の口元に、ふわりと柔らかな弧が描かれる。

「優を死なせたことが堪えたからか、今でも俺、全部の術の力が戻っているわけじゃないんだ。滅却術と憑依術は完全に戻ってるけれど、融和術だけがどうしても戻らない」

「……あの少年の霊は、雅たちを騙そうとして近づいたわけじゃあないよ」

「わかってる。でも、心のどこかで残ったままなんだ。友として信じていた霊に裏切られたという疑念が。そんな捻くれた奴が、融和術を使えるはずがないよね」

瞳を閉ざしたまま、雅は見えない夜空を仰ぎ見る。

自分を支える小柄な背中に、雅は僅かに寄りかかった。

「遥ちゃんに出逢ったとき……まるで、昔の俺みたいだって思ったんだ」

『たとえ一瞬のことだって、その人と一心同体になるんです』

被憑依者として、初めて遥が劇団拝ミ座の協力者となったとき。

ごく自然に告げられたその言葉には、聞き覚えがあった。

かつて、幼い自分が口にしてきた言葉にそっくりだったのだ。

素直で、実直で、純粋。

突き抜けるような晴天のように、遥は人のために迷いなく光を注ぐ。

「遥ちゃんは、俺がなくしたものを全部持ってる人だ。他者への信頼も共感も優しさも。だからこそ、守りたいって思った。今度こそ誰にも奪わせはしないってね。だから、約束したんだ。俺が、命を懸けても君を守るって」

「……」

「誰かを守ると決めた人間が、生きることに投げやりでいるわけにはいかないでしょ？」

思い返せばあのとき彼女と出逢ったことが、小さくも大きな変化の幕開けだった。

それまで刹那的に依頼を繰り返していた被憑依者の中にも、こちらの事情を汲んでまた協力すると言ってくれる者もあった。しかし、雅が再び被憑依者として声がけすることはしなかった。

他者に期待しすぎると、自分勝手に傷を負う。

他者に心を開くことを、雅は何より恐れていた。

「だから、心から感謝してる。彼女のおかげで、ようやく止まっていた一歩を踏み出すことができた」

前方にかざしていた両手のうちの一つが、いつの間にか背後にいる者の手をそっと包んでいた。それにぴくりと反応した一回り小さな手が、ほんの僅かに雅に指を絡ませる。

「……その割には、今もまあまあ自己犠牲的な方法を選んでいるみたいだね」

「はは、そうだねえ」

「拝ミ座の仲間に心配を掛けないようにって、無茶をしすぎるのも度が過ぎている、と思う」

「それは仕方がない。大切な人には、いつだって笑っていてほしいでしょ？」

「……っ、雅さんの、頑固者」

背中に触れる細い肩が、小さく震えるのを感じた。

まぶたを閉ざした中で、徐々に昇っていく朝の光を感じる。

白い光に包まれるようにして、幼い姉の嬉しそうな笑顔を見た気がした。

◇◇◇

薄く辺りが白んできた早朝。

森奥深くの東屋で、二人の人影が淡く佇んでいた。

冥道の穴は朝が近づくにつれ徐々に縮んでいき、気づけばすっかり消えている。

「はあ。今夜も……いや、今年も無事に終わったねえ」

一晩中夜風にまかれ、砂塵と汗にまみれたお役目直後。

そのはずなのに、雅の微笑みはいつも以上にきらきらと眩しく映った。

「まさか遥ちゃんが優の霊を憑依させるなんてね。遥ちゃんの様子がおかしかったから、何か考えているのかなとは思ってたけど。そうきたかーってびっくりしたよ」

「はい……。驚かせてしまって、すみませんでした」

頭を下げながら、遥は彼女の凜とした声色を思い返す。

幼さが滲むものの、雅にとてもよく似た声だった。きっと雅自身も子どものころはこんな声だったのだろう。

「相手が優だったからよかったものの、自ら身体を明け渡すなんて本来とても危険なことだよ。こんなふうに無事でいられることが、信じられないくらい」

気づけば雅の大きな手が遥の手をとらえ、きゅっと力を込められていた。

「本当に本当に、なんともない？　頭が痛いとかくらくらするとか胸が痛いとか」

「だ、大丈夫です。何ならいつもよりもずっとずっと元気なくらいで……！」

その答えに嘘はなかった。

なにせ今までの遥は、霊を憑依させたあとはいつも、一時的に意識を飛ばしていたのだ。こんなに早く目を覚まし受け答えするなんて、考えられないことだ。

いや、違う点なら他にもあるのだけれど——そんなふうに考えを巡らせていた遥の耳に、「それにしても」と雅の声が届いた。

「この羽織も随分と久しぶりだなあ。長いこと見ないうちに、随分と大きく成長してたんだね」

その瞬間、雅の言葉に呼応するように風が吹き抜け、二人の羽織をふわりとなびかせる。隣り合う二枚の羽織物が裾を重ね、一つの大きな刺繍画として浮かび上がった。徐々に明瞭になってきた白い朝陽に、金糸の刺繍模様がきらきらと瞬いている。

それはまるで、在るべき場所に戻ってきたことを歓喜しているかのようだった。

「今回の憑依は、いつもと勝手が違ったみたいだね」

「え？」

「遥ちゃん、優に憑依されてからもずっと、意識を保ったままだったんでしょう？」

「……っ!!」

さらりと告げられた指摘に、心臓が大きく飛び跳ねる。図星だった。

昨夜、優を憑依させた遥は、雅と背中合わせになったまま一晩中東屋で過ごした。

いつもならば、憑依と同時に遥の意識は深い眠りにつき、その間何が起きていたのかは記憶に残らない。しかし、何故か昨晩の遥の意識は、優のそれとは別にはっきりと存在し続けていたのだ。

姉弟水入らずの時間を邪魔してしまった。遥は深く頭を下げた。

「実は……そうなんです。すみませんでした、雅さん。私がしっかり優さんを憑依できていれば、もっと二人の時間を有意義に過ごせたかもしれないのに……！」

「謝る必要なんてないよ。むしろ、遥ちゃんには本当に感謝しなくちゃいけない」

いつもの穏やかな雅の口調に、遥は下げていた頭をそっと上げる。

柔らかく目元を細めた雅は、山際から届く朝陽を淡く受けていた。

「ありがとう、遥ちゃん。まさか優とまた話すことができる日が来るなんて、思ってもみなかった。君のおかげだよ」

「雅さん……」

恩の情をいっぱいに籠められた言葉に、ほっと胸を撫で下ろす。

この村の出の霊能力者は、同村の者の霊を憑依の対象にしてはならない。しかし遥は、そもそもこの村の出ではない。

それにより村の禁忌に当たることもなく、無事優の霊を憑依させることができたのだ。

「優さんは、とても素敵な人だったんですね」

「うん。そうだね。俺よりもずっと強かった。霊能力も、心もね」

繋がれたままの手に、まるで撫でるような指がそっと伝う。

「優が亡くなったときは、周りを相当困らせたよ。でも、今俺はこの力を用いて劇団拝ミ座を切り盛りしてる。おかげで葉月や村との繋がりを取り戻すこともできたし、和泉という友人を得ることもできた。そして遥ちゃんとも出逢うことができた。幸せ者だな」

「私も……雅さんと出逢うことができて、とても幸せです」

いつの間にか浅く絡んだ指同士に、きゅっと小さく力を込める。見上げれば、雅の髪が風に揺れきらきらと輝いていた。

瞳の中の淡い光が、遥の姿を映し出す。

「でももう……心配させたくないからって、怪我を隠すのは無しにしてくださいね？」

じいっと軽く睨んだ遥に、雅は少し困ったように眉を下げる。

「はは。心配させたくなかったのもそうだけどね。ただ、格好つけたかっただけだよ」

山から届いた一際眩い光が、村一帯を希望の色へと染めていった。

地面に生える草に佇む朝露が、夢のように瞬いていく。

「遥ちゃんにはいつだって、『雅さんは格好いい』って思ってほしいからさ」

子どもみたいに無邪気に笑う雅に、遥は目を奪われる。

それはまるで、かつてこの森で姉や幼馴染みとともに過ごした、幼きときの彼を見ているようだった。

盆のお役目を無事に終えた翌日の、八月十七日。

「にしても、まさか遥ちゃんが自分自身で優を憑依するとはなあ。和泉の伝言で何かやってくれそうな気配を感じてはいたが、さすがの俺も肝が冷えたな」

「すみませんでした葉月さん。ご心配をおかけして」

「あーいいっていいって。おかげでこいつも、久しぶりに姉と話すことができたんだろ？」

村をあとにする雅と遥は、葉月の車で最寄りの駅まで送られていた。車の後ろから荷物を出し終え、葉月は雅に笑みを向ける。

「久しぶりに会った姉はどんな様子だった、雅」

「元気そうだったよ。葉月のことも話した。チャラそうに見えるけどいい奴だって」

「そうか。優、元気そうだったか」

「うん」

古き記憶の蓋をそっと開いた彼らが、一様に穏やかな顔をする。

そんな二人を静かに眺めていた遥に、「ああそうだ！」と葉月の快活な声が届いた。

「今回遥ちゃんに従っていたこの猫又なんだがな、しばらくの間、雅たちの拝み座に棲まわせてもらうことになった」

「えっ？」

思いがけない話に、遥は目を瞬かせる。

すると次の瞬間、ぽんと空気の弾ける音とともに見覚えのある白黒のブチ猫が現れた。首には茶色のベルトにコロンと丸い鈴を揺らしている。背後に揺れる尾は、もちろん二股だ。

「今回のことを踏まえて、元いた街に戻る許可が出たからな。遥ちゃんたちとともにこいつもついて行く。ほら、ご挨拶は？」

「……今後ともどうぞよろしくお願いイタシマス」

「はい偉いなー。棒読みだけど」

「ぶーちゃんさんが？　私たちの拝ミ座に？」

小さな間を置いて、こみ上げてきたのは喜びだった。

こぼれる笑みを抑えることができないまま、遥は猫又の脇にそっと両手を差し込む。呆気に取られたままの猫又が、胴を伸ばし遥に抱き上げられた。

「ぶーちゃんさん。色々と手助けしていただいて、本当にありがとうございます。これからも、どうぞよろしくお願いしますね」

「ふん」

「……はいはい。そろそろ電車が来るよ。ぶー太はいったんケージに入って、大人しくし

てて ねー」

　隣で見ていた雅が、葉月の用意した猫用ケージにさっさと猫又を誘導する。もう少し幸せな温もりを堪能していたかったが、乗車ルールとしては仕方がないだろう。

「それじゃあ、遥ちゃんもそろそろホームに行こうか」

「あ、はい。そうですね」

「はー。やだねえ。子どもみたいな男の嫉妬は見苦しいねえ」

「え？」

「それじゃあまたね葉月。次に会うまでせいぜい元気でいてよ」

「おいおい。幼馴染みに思わせぶりな呪いを残すみたいなの、止めてもらえる？」

　憎まれ口に近い別れの言葉のあと、雅と遥は改札をくぐった。

　背後を振り返った遥は、気持ちのいい空気をいっぱいに吸い込む。

「葉月さん！　どうぞお元気で！」

「おお！　遥ちゃんも、雅のことをよろしくな！」

　まるでお日さまのような笑顔を向ける葉月に、遥は何度も手を振り続けた。

# 終幕

雅の故郷を発ったあと。

二度電車を乗り換えた二人と一匹は、徐々に建物が密集する都心部へと運ばれていった。ときに景色を楽しみ、ときに眠気にまどろみながら、二人はようやく自分たちの街の駅に降り立つ。

「帰ってきましたね」

「うん。帰ってきたねえ」

改札を抜けた先で自然に漏れ出た言葉に、雅ものんびりと頷いた。そんな会話一つにも温かな幸せを感じ、遥は小さくはにかむ。

無意識に吸い込んだ街の空気からは、慣れ親しんだ日常の匂いがした。

「雅さん。私もいったん、拝ミ座にお邪魔してもいいですか。ぶーちゃんさんの身の回りの荷物を確認したいので」

「もちろんだよ。むしろ、長旅で疲れただろうからゆっくり休んで……、あれ。和泉？」

「えっ、和泉さん？」

拝ミ座方向の駅前広場で歩みを止めた雅に、遥も隣に並び立つ。

視線の先には確かに、シンプルなモノトーンの服をまとい、壁にもたれている和泉の姿があった。近寄りがたげな美貌を放つ彼の周りには、当然のようにちらちらと好意の視線を向ける女性たちが見てとれる。

「おーい、和泉ぃ！　どうしたのー、わざわざ出迎えてくれるなんて珍しくない？」

「和泉さん、ただいま戻りました」

「……帰ったか」

嬉々として駆け寄る雅たちに、和泉がゆっくりとまぶたを開く。

和泉がわざわざ駅まで出迎えるなんて、予想外のことだった。なにせ常日頃、よほど必要に迫られない限り、作業部屋に籠もって服作りに没頭している彼なのだ。

「なになに。もしかして、大好きな俺のことが心配で出迎えてくれたとか？」

「……」

「？　和泉？」

「どうやら今年は、命を削るような無茶はしなかったみたいだな」

静かに放たれた言葉に、雅は小さく目を見開いた。

「毎年毎年、てめえが浮遊霊にでもなったみてーな顔で帰ってきやがる。そんな奴と一つ屋根の下で働く身にもなれ」

「……ん。だね。ごめん、和泉」

「謝んな」

「はは。それじゃ、ありがとう。かな？」

嬉しそうに礼を告げる雅に、和泉は無言を返す。二人の様子を笑顔で見守っていた遥にも、不意に和泉の視線が向けられた。

「かなりの無茶を振った自覚はあったが、お前も無事に帰ったようだな、遥」

「はい。和泉さんが葉月さんに残してくださった伝言のおかげです。本当に本当に、ありがとうございました」

「お前が抱えてるそいつは何だ」

「はい。これから拝ミ座の一員として大活躍してくださる、猫又のぶーちゃんさんです」

屋外でケージから出された猫又は、遥に抱き上げられながら心底不服そうに顔をしかめていた。

今はその尻尾も、二股ではなく少し太めの一本になっている。どうやら変化《へんげ》の術の一つで、人目に付く場所ではこうするようにと葉月に言い含められたらしい。

「また厄介な面倒ごとを押し付けてきやがったか、あの似非兄貴野郎」

「ふん。わらわからすればお主らのほうがよっぽど面倒ごとの温床だ。わらわはただ雨風しのげる場所と、味のいい飯と、日当たりのいい縁側でもあれば面倒はかけぬ」

「さも注文が少ないとでも言いたげだな」

不遜な様子で言い切った猫又をじとりと睨みつつも、最終的には事情を呑んだらしい。

無言で拝ミ座へ引き返していく和泉の数歩後を、猫又もまた大人しくついていく。自由気ままで凜とした雰囲気の二人は、実は似た者同士のようにも思えた。

「和泉も口は悪いけど、結局根は優しいんだよねぇ」

「そうですね。受け入れてもらえて何よりです」

「ところで遥ちゃん。いったいいつから和泉に『遥』って呼び捨てられるようになったのかな？」

「……えっ？」

ほのぼのした口調のまま問われた指摘に、何故か遥の声が裏返る。

隣を見遣ると、いつもは優しいはずの雅の眼差しに、何やら鋭い光が見てとれた。

あれ。もしかして雅さん、怒ってる？

「あ、ええっと。確か、夏休み初日に私が拝ミ座を訪れて、雅さんの故郷に行くことを後押ししてもらったときに。だったような……」

「和泉って、遥ちゃんのことをずっと『新人』って呼んでたよね。そろそろその呼び方もどうなのって注意しようかと思ってたけど……呼び捨てかあ……うーん」

「で、でも。和泉さんの性格的に、私を『ちゃん』付けや『さん』付けで呼ぶのは少し違和感がありますよね？　むしろ呼び捨てのほうが自然と言いますか……！」

内心冷や汗を掻きながら、遥は必死に言葉を紡ぐ。

しかし、ふとこちらを眺める雅の口元に、愉しげな笑みが見え隠れしていることに気づいた。

「……もしかして雅さん、からかってます？」

「ははっ、ごめんごめん。遥ちゃんの一生懸命な顔が、あんまり可愛いからさ」

可愛い。からかいを諫めているそばから、またもそんなからかいを重ねてくる。

そんな雅の軽口に、遥は熱く火照る頬を感じながらきゅっと口元を締めた。

いつの日だったか胸によぎらせた言葉が、少し複雑な色味を添えて再び胸に去来する。

雅さん――やっぱり少し、罪作りな人だ。

「でも、へそを曲げたのも本当。呼び捨てする仲って、より親しい者同士って感じがするからさ。羨ましいなあ……なんてね」

「え……」

「ね、遥ちゃん。俺も、君のことを呼び捨てで呼んでもいいかな」

優しく囁くような問いかけに、遥の胸がどきんと音を鳴らす。

気づけばその距離は徐々に近づき、雅の瞳の中に自分の姿を見つけるほどになっていた。

ろうか。

こちらを見つめる眼差しがどこか真剣に映る。これも、恋する自分の頭が見せる幻想だ

「そ、そ、それは」

「うん？」

「っ、し、しばらく、保留で、お願いします……っ」

いっぱいいっぱいになりながらも、絞り出した答えはそれだった。

雅に呼び捨てされる。親しみを込めて呼ばれる名前は単純に嬉しいし、喜びで心も高揚するだろう。しかし同時に、緊張と照れくささで硬直する自分の姿も容易に想像できた。

現に今脳内試聴した彼の呼び声にさえ、こんなにも胸の鼓動が甘く乱されているほどなのだ。

「雅さんに呼び捨てで呼ばれるのは、なんだかすごく気恥ずかしくて。きっと私、どきどきしてしばらく使い物にならなくなってしまう気がするので……す、すみません！」

「……和泉は、違うの？」

「？　はい。和泉さんは私にとって、お兄さん……先輩……上司？　のような人なので、そういった感覚は特にありませんね……？」

素直にそう答えると、雅はじりじりと詰めていた遥との距離を、ぱっと正常に戻した。

無言で明後日の方向を見てしまった雅は、口元に手を添えていてその表情も窺えない。

「雅さん？　どうかしましたか？」

「……遥ちゃんって、時々すっごい爆弾を放り投げてくるよね……」

「？　爆弾？」

「いや、こっちの話。……それなら、俺はもうしばらくこのまま、『遥ちゃん』って呼ばせてもらおうかな？」

遥の回答をどう受け取ったのか、くるりと振り返った雅は満面の笑みを浮かべていた。先ほどとは打って変わっての上機嫌な様子に、遥は首を傾げてしまう。

「さてと。俺たちもそろそろ拝ミ座に帰ろうか。これ以上待たせると、和泉がまた色々と五月蝿そうだしね」

「ふふ。そうですね。帰りましょうか」

雅に促され、遥も駅前に延びる道に歩みを進める。

あの日この人と出逢うまでは、こんな世界が自分の未来に広がっているだなんて夢にも思わなかった。

未練のひと時に寄り添うまといに心を籠め続ける、和泉。

犯した過ちを悔い改め、人のために手を差し伸べる、猫又のぶーちゃん。

そして、誰よりも心優しい我らが劇団拝ミ座の団長、雅。

彼らと拓いていく道の先はきっと、驚くほどに素敵で、美しい瞬きを放っているに違いない。

そんな妖しくも不可思議な、でもとても温かな未来への予感に胸を弾ませながら、遥は笑顔で劇団拝ミ座の屋敷へと向かっていった。

終わり

# あとがき

皆さんこんにちは。『劇団拝ミ座』著者の森原すみれです。

このたびは拝ミ座の彼らの物語を手に取っていただき、誠にありがとうございました。

数多の書籍の中から皆さまと出逢わせていただいた奇跡に、心より感謝申し上げます。

『劇団拝ミ座』は、小説投稿サイトにて公開していた作品のひとつです。

思い返せば本作は、執筆前から不思議と強い思い入れがございました。

アイディアの種からプロットが完成すると、そのまま突き動かされるように執筆に没頭していったのです。

いつも優しく健気な遥に「あまり頑張りすぎちゃだめだよ。温かいお茶、飲む?」となり、掴みどころのない異能持ちイケメンの雅に「相変わらず飄々としているなあ、君。いいよ!」となり、裁縫大好き不愛想イケメンの和泉に「相変わらず不愛想だなあ、君。いいよ!」となり、不貞腐れ顔のぶーちゃんに「ふかふかクッション、ここに置いておきますね」となり……。大好きな彼らと紡いでいく、とても楽しい執筆時間でした。

同時に本作は、森原の〝妄想〟出版ラインナップの常連さんでもありました。

書籍化が決まったらどんな表紙イラストを描いていただけるかな。どの出版社さまから出していただけるかな。そんな妄想の海に、隙あらばぷかぷかと浮かんでおりました。

そして拝ミ座の彼らの物語は有難くも素敵なご縁をいただき、このたび書籍として皆さまの元にお届けできることとなりました。本当に本当に、幸せな気持ちでいっぱいです。


本作の刊行にあたりまして、多くの方々のお力添えをいただきました。

拝ミ座の彼らに深い愛情をもって伴走してくださった、ことのは文庫担当編集の田中さま。優しさと切なさに満ちた彼らのイラストを描いてくださった、みっ君先生。和とも洋ともとれる絶妙な世界観をデザインしてくださった、next door designの大岡喜直さま。

本作刊行のためにご尽力くださいましたすべての皆さまに、深くお礼申し上げます。

彼らの物語を手に取ってくださった皆さまのもとに、温かな幸せが訪れますように。

北の大地より、特大級の願いを籠めて。

二〇二五年　森原すみれ

ことのは文庫

# 劇団《げきだん》拝《おが》ミ座《ざ》
未練《みれん》のひと時《とき》と異能《いのう》の欠《か》けた青年《せいねん》

2025年4月27日　初版発行

著者　森原《もりはら》すみれ
発行人　子安喜美子
編集　田中夢華
印刷所　株式会社広済堂ネクスト
発行　株式会社マイクロマガジン社
URL：https://micromagazine.co.jp/
〒104-0041
東京都中央区新富1-3-7 ヨドコウビル
TEL.03-3206-1641 FAX.03-3551-1208（営業部）
TEL.03-3551-9563 FAX.03-3551-9565（編集部）

本書は、小説投稿サイトに掲載されていた作品を、加筆・修正の上、書籍化したものです。
定価はカバーに印刷されています。

ISBN978-4-86716-744-1 C0193
乱丁、落丁本はお取り替えいたします。